KB209426

우리 집에
왜 왔어?

우리 집에 왜 왔어?

정해연 소설집

차례

반려, 너

1

잘 잤어?

내 아침 인사는 늘 그렇게 시작해. 하지만 인사하기도 전에 이미 털북숭이 녀석이 한참이나 내 얼굴에 몸을 부비고 난 뒤긴 하지. 녀석의 털 때문에 여기저기가 따갑고 간지러우니 그만하라고 소리치긴 하지만, 어쩔 수 없이 내 얼굴에는 웃음이 가득해. 내 인생에 나를 끊임없이 웃겨줄 수 있는 존재가 있다면 지금으로서는 이 녀석뿐이야.

녀석의 이름은 호두. 털이 호두색이기 때문에 호두라고 지었어. 이유가 너무 단순하지? 나도 그렇게 생각해. 하지만 지금은 아주 잘 지은 것 같아. 생각할수록 녀석의 외모에 잘 어울리는 이름이야.

아… 그래, 그걸 물어볼 줄 알았어. 호두는 잡종이야. 진돗개와 코커스패니얼의 혼종. 흔치 않은 조합이지? 처음 이 녀석이 내게 온 게 생후 2개월 때였는데, 접종 때문에 동물병원에 갔을 때 의사가 그러더군.

"어쩌다가…."

그래, 진돗개랑 코커스패니얼이 어쩌다가 아기를 만들었는지는 나도 모르겠어. 신기한 일이지. 하지만 그 덕분에 호두가 이렇게 특별히 귀여울 수 있는 거니까. 내 눈에만 그런 거라고? 아냐. 나는 지금 지극히 객관적이라고. 아니, 고개를 왜 절레절레 흔들지?

호두는 지금 여덟 살. 내가 가끔 팔푼이라고 놀리지.

아침 인사를 한 나는 상체를 일으키고 앉아 호두의 전신을 손가락으로 두드려 줘. 어디선가 봤는데 그게 강아지의 혈액 순환을 돕는다더라. 호두도 싫어하지 않고 가만히 앉아서 내 손길을 느껴, 5분 정도. 그러고 나서야 나는 정신을 차리고 침대에서 일어나. 가장 먼저 하는 일이 호두의 밥그릇을 채워주는 것. 그러고는 화장실로 들어가는데 호두는 벌써 밥을 다 먹고 문 앞에 앉아 꼬리를 흔들고 있어. 얼마나 거세게 흔들어 대는지 엉덩이가 뒤흔들려, 마치 삼바를 추는 것 같아.

"아직이야."

화장실 문을 닫아. 그렇게 말해두지 않으면 내내 나를 기다리며 문 앞에 앉아 낑낑대는 호두 때문에 느긋하게 씻을 수가 없어.

나는 세면대 앞에 서. 물을 틀고 손을 씻다가 문득 옆을 돌아봐. 작은 정방형의 창이 있는데 그 너머로 조금 떨어진 곳에 있는 생태공원이 보여. 내가 좋아하는 풍경이야.

내가 사는 이곳은 인근에 다섯 가구 정도밖에 살지 않는 아주 작은 동네야. 집과 집 사이의 간격이 꽤 넓다는 이유 때문에 이곳을 골랐어. 나는 작곡을 해. 작업할 때는 무척 예민해져서 작은 소리에도 집중이 깨지거든.

나? 아냐. 작곡가 지망생 그런 게 아니라 직업인으로서의 작곡가야. 아니, 아니. 인디 그런 거 아니고 정말 상업적인 곡을 쓰는데. 네가 알 만한 대표작을 들자면…. 혹시 <너의 사랑이 온다면>이라는 곡 알아? 아…. 그렇게 곤란한 얼굴 할 거 없어.

응, 맞아. 여러모로 마음에 드는 집이기도 하지만 외로울 수밖에 없긴 하지. 마흔에 가까워지다 보니 친구들과도 소원해졌거든. 그래서 호두가 내게 더 소중한 존재가 됐는지도 몰라. 호두 덕분에 난 외롭지 않을 수 있게 됐거든.

자, 이제 다 씻었으니 나가봐야겠다.

문을 열자마자 호두가 신이 나서 뱅글뱅글 돌기 시작해. 이제 빨리 나가자고 하는 것 같아. 아무래도 머리는 말리지 못할 것 같아. 그래도 양말은 반드시 신어야 해. 슬리퍼를 신고 산책할 수는 없잖아. 맨발에 운동화를 신으면 냄새가 나니까 양말은 필수지. 근데 양말조차 편하게 신기가 힘드네. 내가 양말을 집어 들기만 해도 벌써 안달복달이야. 아, 생각났다. 전에 한번은 빨리 양말을 신으라고 물어 온 적도 있어. 아니, 아니. 호두가 서랍장을 열 수는 없지. 양말을 꺼내서 신을 때 한쪽을 신으려면 다른 한쪽은 내려놓아야 하잖아? 내려놓은 그 양말을 물고 나한테 바짝 들이대더라고. 빨리 신고 나가자는 거지. 너무 영특해. 뭔 소리야, 꿈보다 해몽이라니.

잔뜩 흥분한 호두 몸에 겨우겨우 리드 줄을 걸고 나는 거실 문을 열어. 곧장 마당이 보여. 잔디는 무슨, 그거 관리가 얼마나 힘든 줄 알아? 내가 들어오기 전에 살던 사람들이 시멘트로 다 메꿔버린 것 같은데, 난 삭막해 보이는 게 오히려 더 마음에 들어서 그냥 뒀어. 무엇보다 호두의 용변을 쉽게 씻어 내릴 수도 있으니까. 실망했어?

나무로 된 대문을 열어. 호두는 벌써 앞으로 달려 나가려고 으쌰으쌰 힘을 쓰고 있어. 호두색 털이 물결친다. 슬슬 미용해 주긴 해야 할 것 같아. 삼바를 추며 앞서서 나가는 호두 엉덩이의 긴 털이 마치 커튼을 친 것 같아.

대문을 벗어나면 곧장 이어지는 길을 걷기 시작해. 이 길을 따라 걸으면 내가 화장실에서 내다보던 생태공원에 도착해. 새벽 5시야. 여름이지만 새벽은 그나마 시원해. 피곤하긴 하지. 그래도 이 시간이 좋아. 호두와 내게 꼭 필요한 산책 시간이야.

공원에 들어서던 나는 걸음을 멈춰. 저 멀리 벤치에 어떤 여자가 앉아 있어. 맞아. 여름이기 때문에 아무리 이른 새벽이라도 운동 나온 사람들이 많아. 나무에 등을 치기도 하고 철봉에 매달려 근육을 자랑하는 80대 할아버지를 심심치 않게 볼 수 있지. 선 캡을 쓰고 산책길을 아주 빠르게 걷는 아주머니들도 많고. 근데 내가 놀라서 멈춘 이유는, 그 여자가 너무 아름다웠기 때문이야.

가슴께까지 내려오는 긴 머리의 그녀는 헤드폰을 쓰고 있어. 헤드폰에 먹히는 것처럼 보일 정도로 얼굴이 작아. 운동을 나왔나 봐. 여름용 얇은 트레이닝 재킷에 아래는 반바지를 입고 있어. 반바지 아래로 길게 뻗은 곧고 긴 다리가 마음을 설레게 해. 아니, 그런 눈으로 보지 마. 내가 말을 잘못했네. 설레는 건 여자의 다리 때문만이 아니야. 새벽의 깨끗한 공기, 풍성하게 자란 나무, 그 아래의 벤치, 거기에 앉은 여자의 모습이 나를 설레게 한 거야.

여자가 나직하게 한숨을 쉬어. 그러고는 문득 고개를 들어 하늘을 봐. 무슨 생각을 하는 걸까? 그녀의 귓가에 흐르고 있는 음악이 궁금해. 나는 나직한 휘파람을 불어.

그때 갑자기 리드 줄이 팽팽해져. 내려다보니 호두가 홱 돌아서 몸을 들썩이고 있어. 내가 쓰는 리드 줄은 강아지의 양쪽 어깨에 입히는 가슴 줄이야. 목에 채우는 형태는 호두가 불쌍해서 쓰지 못하겠더라고. 근데 잔뜩 화가 난 호두가 들썩들썩 뛰어오르면서 힘을 쓰니 줄이 홱 빠져버렸어. 마치 옷을 벗어젖히는 것처럼 호두가 리드 줄을 벗어버린 거야.

놀랄 새도 없이 줄을 벗은 호두가 앞으로 달려 나가. 나는 호두의 이름을 부르며 소리를 질러. 헤드폰을 끼고 있어도 그 소리는 들리나 봐. 그녀가 이쪽으로 고개를 돌려. 그리고 자신을 향해 달려오는 호두를 봤지. 그녀는 강아지를 싫어하거나 무서워하는 사람은 아닌 것 같았어. 벤치에서 일어나 호두를 향해 몸을 굽히고는 양팔을 벌렸으니까. 마치 '이리 와' 하고 말하는 것처럼. 호두가 대형견이 아니니 덜 무섭기도 했겠지.

나는 조금 더 빨리 호두를 향해 뛰어. 하지만 이미 늦었어. 그녀의 비명이 들렸거든.

호두가, 그녀의 발목을 물어버렸어.

2

그래, 맞아. 나는 강아지를 참 좋아해. 어릴 때부터 키우고 싶었지만 엄마는 단호했어. 아파트에 살고 산책시킬 시간도 없는 우리 가족은 강아지를 키울 자격이 없다고 했지. 어릴 때는 서운했어. '하나밖에 없는 딸이 갖고 싶다는데, 어떻게 그것 하나 못 사줘? 새벽에 나가 밤에 들어올 정도로 일하는 건 다 나 때문이라며?' 그렇게 원망하기도 했어.

그래, 철이 없었지. 고등학교에 다닐 때쯤에는 엄마의 단호한 거절이 옳았다는 걸 알게 됐어. 생명은 '그것 하나 못 사줘?'에 들어갈 수 없는 것이고, 서로 얼굴 한 번 보기 힘들 정도로 바쁜 우리 가족은 강아지를 산책 한 번 제대로 시키지 않은 채 25평 아파트에 가두고 인형처럼 키웠을 거야.

그래도 아쉬움이 없는 건 아니었지. 강아지를 키우는 친구 집에 놀러 갈 때마다 품에 안고 놓지를 못할 정도였어. 강아지가 나를 피하면 서운하고, 좋다고 나에게 비벼대면 그게 그렇게 좋더라고. 그래서였는지도 몰라. 리드 줄을 풀어버리고 나를 향해 달려오는 그 강아지를 향해 두 팔을 벌린 건.

"꺄악!"

오지랖이었나 봐. 결국 물려버렸거든.

"괜찮으세요?"

부리나케 달려온 남자가 바닥에 주저앉은 나를 향해 허리를 숙이고 물었어. 강아지 주인인가 봐. 당장이라도 울 것처럼 걱정 가득한 얼굴이야. 흑발이 눈에 띄어. 피부가 하얘서 답답해 보이거나 하지는 않았지. 앞으로 쏟아진 머리카락 사이사이로 잘 다듬어진 눈썹이 깔끔해 보였어. 쌍꺼풀 없는 눈 안에 걱정이 가득했지. 키가 컸고, 어깨가 넓었어. 근육질은 아니지만 균형이 잘 잡힌 체형의 사람이었어.

강아지는 이미 그의 손에 잡혀 있었어. 그가 한쪽 팔로 옆구리에 끼고 있었지. 강아지는 학학거리면서도 나를 향해 꼬리를 흔들어. 애초에 나를 공격하려고 했던 게 아니라 단

순히 흥분했던 모양이야. 남자의 옆구리에서 옴짝달싹 못 하는 모습이 왠지 처량해 보여서 나도 모르게 웃음을 터뜨릴 뻔했어.

"네, 괜찮긴 한데…"

말은 그렇게 해도 사실은 전혀 괜찮지가 않아. 방금 물려 그런지 발목이 욱신거려. 이빨이 꽤 깊숙이 들어간 모양이야. 발목에 난 두 개의 구멍에서 피가 흐르고 있었어. 발을 까딱거려 봤어. 물린 곳을 빼면 움직이는 데 통증은 안 느껴져. 신경을 건드리지는 않았나 봐. 그래도 균이 들어가는 건 아닌지 걱정이 됐어.

"빨리 병원에… 아…"

남자는 허둥지둥 주변을 둘러봐. 택시라도 잡을 생각이었던 모양이야. 그런데 그것도 잠시, 곤혹스러운 얼굴로 눈을 깜박여. 그 눈이 자신의 옆구리에 낀 강아지와 내 사이를 왔다 갔다 해. 그래, 나를 병원으로 직접 데려가자니 강아지가 마음에 걸렸겠지. 강아지를 아무 데나 버리고 갈 수는 없잖아. 아무리 내가 다쳤다고 해도 말이야.

무슨 소리야? 당연히 사람과 동물 중에서 택해야 한다면 사람이 우선이지. 하지만 그건 생명이 위험할 때 사람과 동물 중에서 누구를 먼저 구할지 고민할 때의 경우에나 그렇고, 이 경우는 다르잖아. 급하지 않은 인간의 치료와 가족과도 같은 동물을 챙기는 것 사이의 문제라고.

"괜찮아요. 병원은 저 혼자 갈게요. 연락처만 주세요."

"하지만…."

남자가 걱정 가득한 얼굴로 고개를 떨어트려. 그래도 내심 살았다는 표정이야.

"괜찮아요. 강아지를 여기 놔둘 수는 없잖아요."

"정말 감사합니다."

남자가 연신 허리를 숙이고는 곧바로 공원 밖으로 뛰어나가려고 해. 택시를 잡을 생각인가 봐. 적지 않게 당황한 것 같아. 아직 바닥에 주저앉아 있는 나는 생각지도 못하는 걸 보니. 나 혼자 주춤거리며 일어나는데, 그 소리를 들었는지 아차 싶은 얼굴로 남자가 되돌아왔어. 또 연신 죄송하대. 아직도 남자의 옆구리에 끼어 있는 강아지의 엉덩이가 허공에서 대롱거렸지. 그걸 보니 더 이상은 웃음을 참을 수가 없어.

"저 혼자 일어날게요. 괜찮아요."

남자는 내가 왜 웃는지 잘 모르겠다는 표정이야. 하지만 내가 일어나는 걸 보고 곧장 다시 뛰어갔지. 도로변에서 손을 흔들고 있어. 나는 짐을 챙겨서 남자 쪽으로 가. 깜짝 놀라 벗어던진 헤드폰에서는 아직도 음악이 흘러나오고 있더라.

남자의 근처까지 도착했을 때, 마침 택시가 다가와. 택시가 깜박이를 켜고 섰어. 남자가 택시 뒷문을 열어줬고 나는 올라탔지. 여전히 남자의 옆구리에 낀 강아지는 어리둥절한 눈으로 눈치 보기에 바쁘더라.

내 두 다리가 완전히 택시 안으로 들어간 것을 보고 나서, 남자가 열린 문을 통해 상체를 숙여.

"어느 병원이 편하시겠어요?"

"은성대 병원으로 갈게요."

시간이 이르니 응급실이 있는 대학 병원으로 가야 할 것 같아.

"기사님, 은성대 병원 응급실요. 잘 부탁합니다."

강아지를 안지 않은 쪽 손으로 주머니를 뒤적이던 남자의 얼굴이 또 경직돼. 정말 알아채기 쉬운 얼굴이야. 새벽에 하는 강아지 산책에 지갑을 가지고 나왔겠어? 고작해야 배변 봉투 정도 챙겼겠지.

"저 돈 있어요."

다행히 나는 일찍 오픈하는 카페에 들러 빵을 살 생각이어서 지갑이 있었거든.

"치료비랑 같이 변상할게요."

그렇게 말한 남자가 급히 차 문을 닫아. 바로 택시가 출발했지. 그 순간, 나는 아차 싶었어.

전화번호! 전화번호를 안 받은 거야.

"아, 잠깐…"

기사님을 부르려는 순간이었어. 택시 옆으로 휙 뛰어오는 형체가 보이더니 열린 창문을 통해서 뭔가가 날아왔어. 그건 정확히 내 허벅지 위에 안착했지. 휴대폰이야. 본인도 연락처를 주지 않았다는 걸 깨달은 모양이야. 아직 속도를 완전히 높이기 전인 택시를 따라잡아서 창문 안으로 자기 휴대폰을 투척한 거지. 나도 모르게 뒤를 돌아다봐. 남자가 헉헉거리며 택시를 보고 있어. 여전히 옆구리에서는 강아지가 덜렁거려.

나는 결국 소리 내서 웃음을 터뜨리고 말았지. 택시 기사님이 룸 미러로 이상하다는 듯 흘깃거렸지만 한동안 웃음을 멈추지 못했어.

진료 결과, 다행히 큰 이상은 없었어. 살짝 부어오른 것은 물린 직후라서 그런가 봐. 그래도 염증이 생길 수 있다며 작은 링거를 맞았어. 소염제가 들어간 약도 하루 치 받았고.

나는 병원 밖으로 나와. 남자의 휴대폰은 아직 울리지 않았어. 링거를 맞는 데 20분에서 30분 정도 걸렸으니 걱정이 됐다면 벌써 전화하지 않았을까, 그런 생각도 들어.

그때 어디선가 클랙슨 소리가 들려. 처음엔 그게 나를 부르는 소리인줄 몰랐지. 몇 발짝 걷는데 이번엔 누군가 나를 향해 뛰어와. 나는 천천히 고개를 들어. 깜짝 놀랐어.

그 남자야.

그 남자의 차가 길가에 비상등을 켠 채 서 있었지.

그래, 인정할게. 그 순간 나, 조금 두근거렸어.

3

"이거…."

차에 올라탄 여자가 내민 건 내 휴대폰이야. 나는 그걸 받아 화면의 잠금을 풀고 다시 여자에게 돌려줘. 여자가 얼빠진 표정으로 눈을 동그랗게 떠서, 나는 휴대폰 번호를 찍어달라고 말했어. 여자는 잠시 고민하더니 고개를 저어. 병원비가 얼마 안 나왔으니 신경 쓰지 말래. 아니, 그럴 수는 없지.

"저는 다른 사람에게 폐 끼치고는 못 사는 성격이에요. 병원에서 염증 조심하라고도 했다면서요? 앞으로 또 병원 갈 일이 생길지도 모르는데 그러면 안 되죠. 치료 끝나시면 병원비 총액이랑 위로금까지 계산해서 드릴게요."

단호한 어조에 여자는 못 이기고 내 휴대폰에 자신의 번호를 눌러. 통화 버튼을 누르니 여자의 주머니에서 벨 소리가 울렸어. 나는 여자가 돌려주는 휴대폰을 받아 번호를 저장했지.

"이름이?"

여자는 잠시 머뭇하더니 대답했어.

"이정인이에요."

예쁜 이름이야. 단정한 이목구비와 잘 어울려. 하지만 그 말을 입 밖으로 내지는 않아. 좀 느끼할까 봐.

"저는 한치훈이라고 합니다."

"예."

정인 씨가 고개를 끄덕여. 볼이 살짝 붉은 것은 내 착각일까?

시동을 걸고 나는 정인 씨를 봐. 데려다주려고 하는데 정작 그녀의 집이 어딘지를 모르잖아.

"집이?"

정인 씨는 잠깐 생각하더니 대답해.

"공원에서 내려주세요."

나는 고개를 갸웃해. 하지만 더 묻지는 않고 시동을 걸어. 집까지 데려다준다고 우기는 게 배려는 아닐 거야. 처음 만난 사람에게 집을 알려주는 건 조심스러울 테니까. 그건 아주 당연한 일이야.

공원까지 가는 동안 어색함이 감돌아. 당연한 일이지. 그래도 정인 씨는 착한 사람 같아. 날씨 얘기를 꺼내거나, 호두에 대한 걸 물어. 성별이라든가, 나이라든가. 덕분에 나도 호두 자랑을 할 수 있었어.

"아주 기특한 녀석이에요. 주인이 뭘 원하는지 계속 생각하고 해주고 싶어 한다니까요."

"에이, 설마요."

말도 안 된다는 듯 정인 씨가 웃음을 터뜨려. 내가 자식 자랑하는 엄마들 같대. 눈에 콩깍지가 씌었다나? 나는 운전을 하면서도 정색하면서 손을 저어. 내가 그렇게 해석하는 게 아니라 정말이라고 해도 믿지를 않네. 그 웃음이 시원해 보여서 굳이 따지려 들지 않았어.

공원에 도착했어. 정인 씨가 내리는 사이 나도 문을 열고 따라 내렸어.

"감사합니다."

감사한 건 오히려 내 쪽인데 그녀가 먼저 인사를 해.

“연락드릴게요. 혹시 상처가 덧나거나 병원을 또 가셔야 한다든가 하면 먼저 연락 주시고요.”

“네, 그럴게요.”

그녀가 희고 긴 목을 살짝 숙여 묵례하고는 뒤돌아. 공원 안으로 들어가지 않고 왔던 길을 따라 돌아가. 저쪽 어딘가에서 사는 걸까? 그쪽에는 20년 된 대형 아파트 단지와 빌라촌이 있어.

그런데 참 이상해. 정인 씨의 멀어지는 뒷모습에 왠지 조바심이 들어. 나는 안달 난 사람처럼 입술을 잘근잘근 깨물다가 꾹 참고 운전석 문을 열어. 올라타야 하는데 발이 안 떨어져. 나는 결국 그녀를 불러.

“정인 씨!”

정인 씨가 나를 봐.

“내일 여기서 뵐 수 있을까요?”

그녀의 큰 눈이 휘둥그레지는 게 멀리서도 보여. 조금 놀랐나 봐. 고개를 도로 쪽으로 돌리는 그녀는 무슨 생각을 할까. 그녀는 곧 다시 나를 향해 대답을 해줬어.

“네.”

쑥스러웠나 봐. 고개를 끄덕인 그녀는 홱 돌아. 걷는 발걸음이 아까보다 빨라.

나는 집으로 돌아가. 현관문 안으로 들어가자마자 호두의 헥헥거리는 소리가 들려. 빨리 자기를 안아달라는 듯이 꼬리를 치고 한 번 빙글 돌고는 앞발을 들어 안전문을 짚고, 뒷발로 점프를 하고 난리야. 나는 현관문이 완전히 닫힌 뒤에야 안전문을 열어. 아니나 다를까, 무릎을 굽히고 자세를 낮춰주자마자 뛰어오른 호두가 품에 안겨들어. 얼굴을 마구 핥는 호두의 행동은 다른 날과 다르지 않아. 사람을 물어놓고도 자기가 뭘 했는지도 모르는 게, 호두다워.

나는 호두의 목에 내 얼굴을 파묻고 마구 문질러. 호두의 털은 살짝 따갑지만 호두의 몸은 아주 따뜻해. 살짝 비릿하면서도 고소한 냄새가 나. 역시 호두라는 이름을 아주 잘 지은 것 같아. 여기까지는 평소와 똑같지만 내 머릿속에 금세 다른 생각이 끼어들어.

내일 그녀를 볼 수 있어.

내일도 오늘처럼 음악을 듣고 있을까?

내일은 그녀의 귓가에 흐르는 음악이 뭔지 꼭 묻고 싶어.

그녀를 떠올리자 왠지 모르게 심장이 뛰어. 이런 기분 정말 오랜만이야. 살아 있음을 느껴.

"다 네 덕분이야."

나는 호두를 한 번 더 쓰다듬어.

혹시 없으면 어떻게 하지?

아침에 눈을 뜨자마자 드는 생각이 그거였어. 평소보다 조금 이른 시간에 침대에서 몸을 일으켜. 그러고는 평소보다 좀 더 오래, 더 주의 깊게 씻기 시작해. 씻고 나와서는 곧장 호두에게 리드 줄을 채웠어. 산책을 한다 하니 호두는 벌써 신이 나는지 엉덩이를 마구 흔들어 대.

나는 공원으로 가. 걸음이 빨라서일까? 가슴이 두근두근해. 공원이 집에서 가까운 게 오늘따라 참 감사해.

공원에 들어서자마자 나는 그제야 숨이 트여. 정인 씨가 그 자리에, 그림처럼 앉아 있었거든.

호두는 벌써부터 놔달라고 으샤으샤 몸에 힘을 주기 시작해. 달려가려고 하는 거지. 그래도 계속 제자리야. 내가 움직이지 않았거든.

인기척을 느꼈는지 정인 씨가 이쪽을 봐. 그녀는 아주 반갑게 웃어.

"오늘은 꽉 묶었어요."

"괜찮아요."

벤치에서 일어난 그녀는 무릎을 굽히고 몸을 낮춰. 내가 호두를 데리고 가까이 다가가자 손을 내밀어. 호두를 만지는 게 아니라 냄새를 맡게 해주려 손등을 내미는 거야. 강아지를 키워본 걸까. 강아지에 대한 배려가 있어. 호두는 냄새를 맡기는커녕 경계할 필요도 없다는 듯이 그녀의 손을 할짝대더니 벌러덩 드러누워. 호두의 배가 활짝 열렸어. 보기만 해도 시원해지는 웃음을 터뜨리며 정인 씨가 호두를 쓰다듬어.

"잠깐만요."

둘의 인사가 어느 정도 끝난 뒤에 나는 호두를 들어서 똑바로 서게 해. 그녀의 동그란 눈이 의아하다는 듯 나를 봐. 호두의 목을 누르자 머리가 바닥으로 향해. 내가 호두 대신 말했어.

"물어서 죄송합니다."

그녀가 소리를 내서 웃음을 터뜨려.

4

강아지의 사과를 받은 적 있어? 나는 받아봤어. 고개 숙이는 게 얼마나 귀엽다고. 물론 억지로지만. 뭐? 그래, 그럴지도. 정말 귀여운 건 굳이 강아지를 데려와 사과를 시키는 그 사람의 마음인지도.

우리는 호두를 데리고 함께 공원을 걸어. 나를 문 건 흥분 때문이었다는 생각이 맞았어. 호두는 아주 점잖게 잘 따라오더라고. 덕분에 우리는 아주 편안히 이런저런 얘기를 나눴어. 치훈 씨는 작곡가래. 아니, 상업 곡을 만드는 작곡가 말이야. 혹시 <너의 사랑이 온다면>이라는 곡 알아? 모르면 됐어. 나도 검색은 해봤는데 그렇게 성적이 좋진 않았더라고.

공원에서 가까운 수린 전원주택 단지에 산대. 너도 아는구나? 분양 당시에 이 지역 최고가 분양인데도 40 대 1의 경쟁률이었지 아마? 그래, 노래 한번 들어봐.

"오늘 저녁에 시간 되세요?"

솔직히 기다리던 말이기는 했지만, '오늘 저녁'이라는 말에 나도 모르게 망설여.

"시간 안 되세요?"

그의 얼굴에 실망의 빛이 감돌아. 내가 그를 거절하는 게 아니라는 건 분명히 해야겠어.

"사실 오늘은 선약이 있어서요."

"중요한 약속이신가 보다."

"그런 건 아닌데, 매달 한 번 하는 독서 모임이 있거든요. 이번엔 제가 진행하기로 해서 빠질 수가 없어요."

우리 독서 모임은 회원이 고작 다섯 명이야. 그 다섯 명이 번갈아서 모임을 진행하지. 사실 진행 정도야 다른 사람에게 대신 맡겨도 돼. 근데 나는 왠지 내가 독서 모임에 다니는 사람이라는 걸 그 사람에게 넌지시 흘리고 싶었어.

"와, 독서 모임 다니시는군요. 저도 책 좋아해요."

"정말요? 저희 이번에는 알베르 카뮈의 『페스트』를 읽고 얘기 나눠보기로 했어요. 혹시 읽어보셨어요?"

"너무너무 유명한 책이니까요. 혹시 저도 참가하면 안 될까요?"

"네?"

나는 조금 당황해. 순간적으로 많은 생각이 머릿속을 지나쳐. 독서 모임에 이 사람을 데려가면 사귀는 사이라고 오해받을 거 아냐. 그런 정도 사이도 아닌 데다 행여 사귄다쳐도 독서 모임에 남자를 데리고 가면 유난스럽지.

아주 잠깐 그런 생각을 한 것뿐인데, 얼굴에 다 드러났나봐. 치훈 씨가 얼른 사과해.

"아, 죄송해요. 제가 너무 주제넘었죠? 신경 쓰지 마세요."

"아니, 그런 건…."

"저는 주로 작업실에서 혼자 일하다 보니 책 좋아하는 사람들하고 만날 기회가 별로 없어서요. 반가운 마음에 뱉은 말인데 정인 씨 입장을 생각 못 하고…."

치훈 씨가 너무 미안해하니까 오히려 마음이 안 좋아져. 그래, 생각해 보면 책 얘기에 관심을 보인 건데, 무슨 남자친구를 소개하니, 어쩌니. 설레발이지.

"아니, 아니에요. 그런 건 아니고…. 그럼 나와보시겠어요?"

"아뇨. 정인 씨 불편하게 해드리고 싶지 않아요."

"그런 거 아니에요. 다른 사람들한테 얘기해 둘게요. 오늘 저녁 7시 괜찮으세요? 주륜동 카페 '헤브니'예요."

치훈 씨의 마음을 풀어주려고 일부러 괜찮은 척 말하게 돼. "시간은 괜찮은데…"라고 대답하는 치훈 씨는 왠지 기뻐 보여. 그제야 나도 마음이 놓이더라고.

출근해서 바로 회원 단톡방에 운을 띄웠어. 한번 참여해 보고 싶다는 사람이 있는데 불편하지 않다면 데리고 나가고 싶다고 글을 남겼지.

남자야?

가장 먼저 물어본 건 주희 언니야. 마흔여덟의 유부녀. 역시 질문도 주희 언니다워.

남자긴 한데, 이상한 생각은 마세요. 그런 사이는 아니니까요.

그런 사이는 아니면 무슨 사이인데?

언니의 말 뒤에 웃는 얼굴 이모티콘이 붙어. 나는 거기에는 대답하지 않아. 대신, 그도 책을 좋아하고 이번 주 도서인 『페스트』도 읽었다고 했지. 그사이에 대화 내용을 확인한 다른 회원들이 모두 상관없다고 해. 주희 언니만 계속 신나 있었지.

드디어 3 대 3인가!

우리 모임은 세 명이 여자고 두 명이 남자야. 남은 한 명의 여자는 스물세 살 취준생 리아. 남자 중 한 명은 나보다 한 살 어린 준명이고, 다른 한 명은 50대 후반의 중소기업 과장님인 박제헌 씨. 우리 모임에는 굉장히 다양한 연령이 모여 있지. 그의 합류로 남자 셋 여자 셋이 완성된다고는 하지만, 절대 '그런' 분위기의 모임이 아니라고.

나는 저녁에 보자는 말로 채팅을 끝내고 업무를 시작해.

퇴근길에, 나는 치훈 씨에게 문자를 해. 아무래도 다른 사람들하고는 모르는 사이니, 어색할 것 같으면 만나서 같이 들어가자고 했지.

괜찮아요.

그럼 그렇지. 치훈 씨는 낯가리는 타입은 아닌 것 같았어. 우리는 모이자마자 바로 토론을 시작하는 사람들이니 늦지 않는 게 좋다고 문자를 보냈어. 아무리 처음이어도 다른 사람에게 폐를 끼치면 안 되잖아. 치훈 씨는 알았다고, 늦지 않는다고 대답했지. 그런데 말이야, 내가 일찍 도착한 편인데도, 저 멀리서 카페 쪽으로 걸어가는 치훈 씨가 보여. 나는 치훈 씨를 부르려고 해. 그런데 소리를 내기도 전에 그가 반대편 골목으로 들어가더라? 다른 볼일이 있어서 일찍 온 걸까? 나는 전화해 보려다가 그냥 카페에 들어가.

모임 시작 10분 전쯤 다른 회원들이 모두 모였어. 가장 먼저 준명이가 왔고, 주희 언니와 박제헌 씨, 리아까지 도착했지. 사람들은 내가 치훈 씨와 같이 올 줄 알았다고 하면서 그를 기다려. 그런데 모임이 시작하고 15분이나 지나도 치훈 씨가 오지 않아. 전화해 보겠다고 하니, 다들 말려.

"곧 오겠지."

나는 왠지 민망해졌어. 퇴근하고 피곤한 몸인데도 자기계발을 한다고 모인 사람들인데, 이렇게 시간을 뺏으면 안 되지.

“그냥 시작해요.”

“죄송합니다, 제가 늦었죠?”

치훈 씨의 목소리에 뒤를 돌아다봐. 솔직히 그때 이미 불길한 기운을 느꼈어. 맞은편에 앉은 주희 언니의 눈이 휘둥그레졌거든. 그건 놀람이 아니라 당황이었어.

물론 나도 당황했어. 아니, 당황이 아니라 이건 경악이야.

꽃다발이라니. 치훈 씨는 아주 의기양양하게 다가와 내게 꽃다발을 내밀어. 어영부영 받기는 했지만 기분이 좋을 리가 없지. 이런 꽃다발은 남자친구가 친구들 앞에서 여자친구 기 살려주겠다고 사 오는 거 아냐? 여긴 내 남자친구를 소개하는 모임이 아니야. 이 사람들은 내 친구가 아니고. 그저 독서를 통해 자기 계발을 하러 모인 사람들이라고.

이 남자는 아무래도 우리가 만난 지 고작 이틀밖에 안 되는 사이라는 걸 잊은 것 같아.

5

내 손에 든 꽃다발을 본 그녀의 눈이 휘둥그레져. 왜 안 그러겠어. 꽃집에서도 창업 이래 이렇게 큰 꽃다발을 만들어 본 적은 없다고 함박웃음을 지었을 정도인데 말이야. 뭐? 곤란해? 무슨 소리야? 내가 그녀를 위해 이렇게 준비했는데? 이게 얼마짜린지는 알아? 곤란한 게 아니라 놀라고 쑥스러워서 저런 얼굴인 거지. 잘해주는 걸 싫어하는 여자가 어디 있어? 이 모임이 끝나면 갈 식당도 이미 다 준비해 놓았다고.

기분이 안 좋은 건 내 쪽이야. 적당히 인사만 시키고는 바로 책 화제로 넘어가서? 물론 그것도 기분이 나빴지. 게스트인 나에게 좀 더 관심을 보여줘야 하는 거 아니야? 하지만 그 정도는 참을 수 있었어. 내내 신경을 건드리는 건 저 자식이야. 정인 씨의 맞은편에 앉은… 이름이 뭐더라? 준명?

계속 정인 씨를 쳐다보며 실실 쪼개잖아. 다른 사람들의 의견에는 고개를 끄덕대는 수준에서 끝내놓고 정인 씨의 생각에는 이런저런 첨언을 해. 관심을 끌려는 의도가 뻔히 보이는데 순진한 정인 씨는 그걸 모르는 것 같아. 저렇게 받아주고 웃어주면 자기한테 관심이 있다고 착각할 놈이라고.

"가르치는 거 좋아하시나 봐요?"

내 말에 사람들의 시선이 집중돼. 표정들은 저래도 다들 나에게 감사하고 있겠지. 저 자식의 말을 누구라도 끊어주길 바랐을 거야.

"네?"

못 알아들은 척 고개를 갸웃하는 얼굴이 살짝 경직되어 있어.

"다른 사람 의견에 따박따박 말을 덧붙이시는 걸 보니 그런 생각이 들어서요."

"치훈 씨?"

정인 씨가 살짝 내 팔을 잡아. 하지만 나는 그녀를 향해 부드럽게 웃어주지 못했어. 나를 노려보는 준명이라는 자식의 눈빛에 너무 화가 나서 말이야. 주제에 어디서 눈을 똑바로 떠? 내가 뭐라 하기 전에 녀석이 말했지.

"독서 모임 안 해보셨어요? 책 읽고 느낀 감정만 말하는 게 아니라 생각들을 나누고 반대 의견을 펼치기도 하면서 다각도로 고찰해 보는 게 목적인 모임이라고요."

어이가 없어서 나는 웃어.

"글쎄요? 그것뿐이라면 다행인데, 준명 씨는 꼭 우리 정인 씨한테만 어필하려는 것 같아서요."

"뭐요?"

그 녀석이 기가 차다는 듯 숨을 터뜨려. 그사이 정인 씨가 내 팔을 더 세게 잡아.

"지금 뭐 하시는 거예요!"

"미안해요. 제가 눈에 거슬리는 건 못 참는 성격이라."

나는 부드럽게 웃어 보였어.

"자자, 우리 독서 모임으로 모인 거잖아요? 집중합시다!"

손뼉을 짝짝 치며 녀석의 옆에 앉아 있던 여자가 끼어들어. 이름이 서주희랬나? 서주희는 한 옥타브 높은 소리를 내며 나에게 물었어.

"그럼 치훈 씨 의견도 한번 들어볼까요? 어떻게 생각하세요? 랑베르의 태도에 대해서."

『페스트』에 나오는 랑베르라는 인물은 기자인데, 전염병이 돌고 도시가 봉쇄되자 사랑하는 사람을 만나기 위해 탈출하려고 해. 치료제가 없는 상황에서 다수를 위해 소수를 희생하는 정부와, 한 개인으로서 행동하는 랑베르의 정당성에 대해 어떻게 생각하는지 물어보는 게 저 질문의 의미라는 걸 나는 나중에서야 알았어. 그때는 몰랐지. 나는 되묻는 대신 아주 느긋하게 찻잔을 들어 입에 대. 그러고는 천천히 내려놓으면서 고개를 가로저어.

"저는 소설은 안 읽어요. 세상에 읽어야 하는 실용 서적이 얼마나 많은데 왜 인생에 도움도 안 되는 가상의 이야기를 읽어야 하죠? 그런 쓸데없는 걸 읽고 이렇게 모여 앉아 토론한다는 것 자체가 사실 전 좀…."

나는 다시 고개를 저었지. 서주희와 그 자식, 그리고 조금 늙은 남자가 동시에 정인 씨를 봐. 정인 씨는 곤혹스러운 얼굴이 되더니 나에게 목소리를 죽여서 속삭여.

"『페스트』 읽고 얘기 나누는 자리라고 분명 말씀드렸잖아요? 읽어보셨다면서요?"

나는 조금 당황해. 이미 읽은 책이니 함께하겠다고 했던 걸 잊었던 거야. 하지만 티를 내지는 않을 생각이야. 무슨 말을 할지 머릿속에서 계산을 시작하는데, 내 입이 열리기도 전에 그 자식이 건방지게 시비를 걸더라.

"애초에 책을 읽기는 하세요?"

나는 그 자식을 노려봐. 성질 같아서는 벌써 목을 낚아채 들어 올렸을 거야. 내가 얘기했던가? 나는 화가 날수록 더욱 싸늘해져. 나는 웃었어.

"그 질문 그대로 돌려주고 싶네요. 그쪽 역시 책을 읽기는 합니까? 여기 정인 씨 관심 끌려고 다니는 건 아니고?"

"뭐요?"

"아까부터 정인 씨 의견에만 열성적으로 떠들던데? 어찌나 꼬리를 쳐대는지 멀미가 날 지경이었어."

"이봐요!"

"정인 씨도 정신 차려요. 무턱대고 다 받아주지 말고요. 그렇게 웃어주면 금방 착각한다고요, 이런 자식은."

그 녀석이 벌떡 일어서. 나도 질 리가 없지. 자리를 박차는 순간 중년 아저씨가 같이 일어나더니 나를 말리려는 듯 팔을 붙잡아. 서주희도 그 녀석을 앉히려고 애써.

"죄송해요."

정인 씨의 단호한 목소리가 뒤엉킨 사람들 사이를 가로질러. 그녀의 손에는 이미 핸드백이 들려 있어.

"제가 망친 것 같아요. 정말 죄송해요. 오늘은 여기서 마치죠. 나중에 연락드릴게요."

빠르게 말한 그녀는 곧장 일어서서 카페를 벗어나. 나는 그녀를 부르지만 뒤돌아보지 않아. 나도 그녀의 뒤를 따라 나가. 그 녀석의 욕설이 다독이는 사람들의 말소리에 파묻혀. '질투', '좋아하나 봐', 그런 말들이 오가지만 일일이 신경 쓸 필요 없는 것들이야.

카페 밖으로 나간 나는 멀리 가지 못한 정인 씨의 팔을 낚아채. 하지만 정인 씨는 홱 돌아서면서 내 손을 뿌리쳐.

"진짜 왜 그러세요? 이게 무슨 짓이에요? 처음부터 이럴 생각이었어요?"

"잘못한 건 저 녀석인데 왜 정인 씨는 저한테 소리 지르죠?"

나는 진심으로 이해가 안 가.

"정인 씨 선물도 샀고, 불편하게 안 하려고 승차감 좋은 슈퍼카로 왔어요. 식당도 호텔 레스토랑으로 잡았고요."

정인 씨는 나를 노려봐.

"지금 그게 변명이라고 하는 말이에요?"

나는 변명할 이유가 없어. 하지만 일단 가만히 있어. 정인 씨는 뭔가 말하려는 듯 입을 열다가 다른 생각이 들었는지 갑자기 한숨을 내쉬어.

"됐어요. 그만두죠."

"그래요. 괜한 일로 싸우지 말아요. 우리끼리라도 레스토랑으로…."

"아뇨."

그녀가 단호하게 말해.

"전 집으로 갈 거예요. 그리고 앞으로는 연락 안 하셨으면 좋겠어요. 우리는 안 맞네요."

그녀는 홱 돌아서 정류장에 서 있는 택시에 올라타. 택시가 떠나는 순간까지도 굳은 얼굴로 앞만 보고 있어.

도무지 이해가 가지 않아. 내가 오늘 그녀를 위해 대체 얼마를 쓴 줄 알아?

6

아쉬운 건 딱 하나야. 그 남자를 카페 근처에서 본 순간 바로 어디 가냐고 물어보지 못했다는 것. 꽃을 사느라 늦었을 거라고? 아니, 그렇다고 하기에는 너무 늦었지. 애초에 선물을 살 생각이었다면 더 일찍 왔어야 하고 말이야. 예의의 문제? 그것도 그렇지만, 나는 조금 다른 생각이 들어. 그가 일부러 늦게 카페에 들어온 게 아닐까, 하는 생각. 모든 사람이 자신을 맞이해야 한다는, 자신이 주인공이 되어야 한다는 생각을 한 게 아닐까? 그래, 맞아. 지나친 생각인지도 모르지. 그래도 의심을 떨칠 수가 없어. 직감 때문이라고 설명할 수밖에.

집에 도착할 때까지 한치훈에게서 계속 전화가 와. 한두 번도 아니야. 1시간 사이에 부재중 전화가 열다섯 통이 찍힌다는 게 말이 돼? 나는 치가 떨려. 갑자기 전에 헤어진 남자친구가 떠올라. 그 자식도 집착이 대단했어. 연락이 안 되는 걸 견디지 못했고, 회사건 모임이건 상관없이 내가 다른 남자와 대화하는 걸 견디지 못했지. 이별할 때도 얼마나 힘들게 헤어진 줄 알아? 걸핏하면 집 앞에 찾아오는 바람에 결국 이사까지 해야 했어. 이사하고 짐을 정리하는데 기가 막히더라. 다리를 드러내는 반바지나 스커트가 하나도 없어. 그놈의 취향에 맞춘 옷들밖에 없는 거야. 내가 걔를 사랑해서? 아니, 너무나 위협적인 그놈의 기분을 맞춰주기 위해 그런 거였어. 안 그러면 물건을 집어던지면서 화를 내니까. 그런 놈을 거친 나에게 이 남자의 행동이 좋게 보일 리가 없지. 준명이를 대하는 한치훈을 보자마자 머릿속에서 경고등이 울리더라. 이 남자에게서 멀어져, 라고.

전화와 문자가 계속 와. 나는 결국 휴대폰을 무음으로 설정해. 내가 일부러 받지 않는다는 걸 알면 언젠가는 포기하겠지. 침대 안으로 들어가, 가슴까지 이불을 끌어 올려. 포근해. 어렴풋이 잠이 들면서 마지막으로 생각했어. 다시는 공원에 가지 말아야지.

아침이야. 생각보다 깊은 잠을 잤어. 나는 기지개를 켜. 그러고는 곧장 핸드폰을 집어 들어. 궁금하긴 한 거야. 밤새 얼마나 연락을 해 왔을까. 뭐라고 문자를 남겼을까.

화면을 켜자마자 기겁했어. 나도 모르게 입을 손으로 막아. 그 사이로 신음이 흘러. 부재중 전화 148통. 문자 47개. 등줄기에 소름이 돋아. 온 신경이 빳빳하게 서는 기분이야. 순식간에 입이 타들어 가는 것 같아.

나는 한치훈이 보낸 문자를 확인해.

얘기해요, 우리. 내가 뭔가를 잘못한 것 같은데, 오해를 풀 기회를 줬으면 좋겠어요.

전화도 안 받으면 어쩌자는 거예요. 날 안 만나겠다는 건 어쩔 수 없지만 내가 무슨 오해를 받는지는 알아야 할 것 아니에요.

여기까지는 예상했어. 일반적인 문자로 보여. 문제는 그다음이야. 점점 문자의 내용이 달라져.

지금 어디예요?

그 새끼한테 미안하다고 연락해서 만나고 있나?

그 새끼랑 붙어먹는 중이야? 아무 새끼한테나 다리 벌리니까 좋아?

전화 받아, 씨발년아.

이어지는 내용은 눈 뜨고 봐줄 수도 없을 정도야. 내 인격을 완전히 망가트려 버리겠다는 듯 갖은 음란한 욕설을 나열해 놨어. 문자에서 점점 한치훈이 스스로를 조절하지 못하고 있다는 게 느껴져. 브레이크가 고장 난 자동차가 시속 200킬로미터로 달리는 걸 보는 기분이야. 소름이 끼쳐. 공원에서 만났던 친절하면서도 위트 있던 모습에서는 생각지도 못했던 면모야.

나를 공포로 몰아넣은 그의 마지막 문자를 읽어줄래?

내 눈에 한 번만 띄어. 온몸을 태워줄 테니까.

사진도 첨부돼 있어. 영화에서나 봤던 휘발유 기름통이야.

신고할까? 나는 고개를 저어. 전 남자친구를 신고했을 때도 경찰의 도움을 받지 못했거든. 경찰들은 서로의 오해를 풀고 화해하라는 말뿐이었어. 두 번째 신고 때도 마찬가지였어. 그들은 그놈에게 이렇게 말했어. "여자친구가 이제 마음이 바뀐 것 같으니 남자답게 헤어져 줘라." 허무하게도 그놈은 다시 풀려났지. 경찰들은 내내 내가 남녀 사이의 문제로 자신들을 귀찮게 한다는 태도를 취했어. 결국 난 생업과 거주 환경을 포기하고 나서야 그놈에게서 벗어날 수 있었어.

이번에도 도움을 받을 수 있을 것 같지는 않아. 게다가 신고한 사실을 알고 한치훈이 경찰서 밖에서 기다리면 어떻게 해? 조사한답시고 나와 한치훈을 경찰서로 부를 건 확실하고, 한치훈은 바로 구속되지 않을 것 아냐. 운이 나쁘면 경찰이 한치훈과 나를 나란히 앉혀놓고 조서를 쓸지도 몰라. 그것만큼은 피하고 싶어.

나는 한치훈의 전화번호를 차단해 놓고 나직하게 한숨을 쉬어. 본성을 빨리 알아차린 덕에 이 정도에서 끝나 다행이라 여기기로 했지.

기분 나쁜 일은 빨리 잊고 싶잖아. 나는 일부러 신나는 음악을 틀어놓고 출근을 준비해. 씻고, 간단히 아침을 먹고 화장을 해. 이따금 한치훈이 생각나. 이어지는 과도하게 불길한 생각들이 자꾸 끼어들지만 잊으려고 애써. 덕분에 출근 버스에 올라탔을 때는 기분이 상당히 괜찮아졌지.

오늘따라 버스 안이 한산해. 왜 이렇게 자리가 많을까 싶어 시계를 확인했더니 평소에 타던 것보다 한 타임 앞선 버스네. 나도 모르게 조금 일찍 나왔나 봐. 다른 사람들도 그러나? 일찍 출근하면 왠지 손해 보는 기분이 드는 거? 나도 그랬는데, 고작 10분, 20분 일찍 나오는 걸로 이렇게 여유로운 출근길을 얻을 수 있다면, 앞으로도 일찍 나와볼까 싶은 기분까지 들더라.

다섯 정거장쯤 지났을 때인가, 이 여유는 한순간에 사라져 버려. 갑자기 온몸이 경직되는 기분이 드는 거야. 누군가 나를 보고 있어. 그건 단순한 착각이나 상상이 아냐. 분명한 감각이었어. 나는 휙 뒤를 돌아봐. 어느새 버스는 만석이었어. 아는 얼굴은… 없어. 핸드폰을 보거나 졸고 있거나 창밖을 내다보는, 낯설고도 지극히 평범한 사람들이야. 그중 한 명이 나를 의아하게 봐서 얼른 고개를 돌려. 괜한 생각이었나 봐.

10분을 더 앉아 있다가 버스에서 내려. 정류장에서부터 회사 정문까지는 5분도 채 걸리지 않아. 나는 걸음을 재촉해. 왠지 자꾸만 누가 나를 보는 것 같아. 이전의 피해가 불러온 과대망상이겠지. 그래도 내 공포는 망상이 아니야. 현실이야.

갑자기 뒤에서 발소리가 들려. 그것도 빠르게 뛰어오는 발소리. 정확히 나를 향해 오고 있어. 나는 뒤를 볼 용기도 내지 못한 채 그대로 굳어 멈춰버려. 온몸이 오그라드는 것 같아.

"선배!"

나는 질끈 감았던 눈을 떠. 안도의 숨을 쉬었어.

"왜 그래요? 어디 아파요?"

같이 일하는 예란이야. 작년에 신입으로 들어온 후배. 나는 그녀를 향해 활짝 웃어.

"아니, 아무것도 아냐."

그래, 괜한 걱정이겠지.

나는 예란이와 함께 사무실로 올라가. 사무실 문을 연 순간, 공포에 휩싸여. 내 웃음도 끝나버렸지.

"어, 뭐야, 뭐야! 선배, 남자친구 있었어요?"

놀리는 투로 신난 예란의 목소리는 내 귀를 통과하지 못해. 나는 굳은 채로 서서 내 책상 위에 놓인 거대한 꽃바구니와 거기에 묶인 리본의 문구를 경악에 찬 눈으로 응시해.

정인 씨의 오늘이 향기로 가득하길 - 한치훈

알지? 나는 한 번도 내 회사가 어딘지 그 남자에게 말한 적이 없어.

7

원래 선물은 서프라이즈가 제맛이지.

정인 씨의 회사 위치를 어떻게 알았냐고? 나는 그녀가 이별을 통보하기 전에 이미 그곳을 알고 있었어. 정인 씨가 퇴근할 때 정문에 짠, 하고 나타나 감동을 줄 생각이었지. 뭐? 그렇게 격 떨어지는 소리는 마. '뒤를 밟았다'니. 서프라이즈 선물을 위해 알아둔 거라고.

꽃을 보낸 것에는 다른 이유가 없어. 거기 적힌 그대로의 마음을 전하고 싶었지. 잠시 그녀는 화가 난 것뿐이야. 사소한 일 때문에 헤어질 수는 없어. 그건 그녀도 분명 후회할 일이니까. 말 같지도 않은 소리. 지금부터 우리는 사귀는 거야, 하고 고지를 해야 꼭 연인인 건 아니라고. 정인 씨는 그렇게 생각할 리가 없어. 나는 작곡가라고 으스대지도 않았고, 정인 씨가 고작 콧구멍만 한 건설 회사의 경리라고 무시하지도 않았어. 외제차에 명품 옷을 입은 내가 모임에 나가줬을 때 그녀의 표정을 못 본 거야? 회원들 앞에서 으스대는 그 표정을 말이야. 나는 그녀에게 선물도 보내줬고, 앞으로 그녀가 원하는 일은 다 이뤄줄 수 있는 사람이야. 그런데 그녀가 나를 배신한다고? 농담 마.

아, 드디어 퇴근 시간이 된 모양이야. 그녀가 회사에서 나와. 주변을 두리번거리는군. 혹시 나를 찾는 건 아닐까? 첫 번째로는 꽃을 보내줬으니 두 번째 깜짝 선물로 퇴근 시간에 맞춰 마중 나와줄 거라고 기대한 거겠지. 하지만 그럴 생각은 없어. 예상 가능한 범위에서 행동하면 그게 어떻게 서프라이즈가 될 수 있겠어?

회사에서 나온 그녀는 걷는 내내 뒤를 돌아봐. 나는 그녀의 눈이 닿지 않는 곳으로 숨어. 그녀는 버스 정류장을 지나쳐 선 채로 휴대폰을 조작해. 몇 분이 지나니 택시가 나타나 약속이라도 한 듯 그녀 앞에 멈춰. 아무래도 앱으로 택시를 부른 모양이야. 집까지는 택시비가 꽤 나올 텐데. 생각보다 돈을 헤프게 쓰나 봐.

아, 그녀의 집? 이미 알고 있지. 하하.

그녀를 태운 택시가 저 멀리 사라질 때까지, 나는 거리를 벗어나지 않아. 그러고는 그녀의 회사 건물을 올려다봐. 맞아. 나는 확인해야 할 것이 생겼어. 그게 뭐냐고? 조금 전에 봤잖아. 지금 막 퇴근한 그녀의 손에 꽃바구니가 들려 있지 않았어.

나는 도로를 건너 그녀의 회사로 다가가. 건물에 '제이 건축'이라는 간판이 걸려 있어. 고작 3층짜리 작은 건물을 사용하는 회사야. 여기에 전 직원이 근무한다니, 얼마나 작은 회사인지 알겠지?

건물 안으로 들어가는데, 막 퇴근하는 것처럼 보이는 여자가 옆을 스쳐 지나가. 나를 이상하게 보는 사람은 없어. 미팅하러 온 건축주처럼 여겨지는 걸까? 아무도 나를 막아서지 않아. 대기업이라면 입구에서부터 가로막혔겠지. 누구를 찾아왔냐고 경비원에게 추궁당하거나, 직원 카드를 찍지 않으면 들어갈 수 없었을 거야. 하지만 여기는 '그런' 회사가 아니야. 입구 바로 옆, 두 평 정도의 작은 공간에서 졸고 있는 경비원이 보이네.

그녀의 자리가 있는 3층으로 올라가. '디자인 팀'이라고 적혀 있지만 그녀는 건축 디자이너가 아니야. 디자인 팀에 속한 사무원이지. 그녀의 직무는 경영지원이지만 사실은 디자인 팀원들을 위해 잡다한 일을 해주거나 그들이 가지고 오는 영수증 따위를 처리할 뿐이야. 3층은 야근하는 사람들로 절반 정도 차 있어. 나는 그녀의 자리를 찾아 두리번거려. 누군가가 용건을 묻는다면 자기소개를 할 생각이었지. 그런데 말이야. 내 눈에 뭔가가 걸렸어.

꽃바구니야. 내가 보낸 꽃바구니. 그녀의 손에 들려 그녀의 집까지 갔어야 할 꽃바구니가 사무실 입구 앞 플라스틱 원형 쓰레기통에 처박혀 있었어. 나는 내 눈을 믿을 수가 없어. 거기에 처박힌 건 단순한 선물이 아니야. 화해의 선물이고, 내 마음이야.

나는 조용히 분노해.

나는 그녀의 집으로 가. 원룸 오피스텔. 엘리베이터를 타고 13층 버튼을 눌러. 1308호가 그녀의 집이지.

1308호 번호판이 붙은 현관문 앞에 멈춰 선 나는 문 옆 초인종을 확인해. 새끼손톱의 반 정도 되는 크기의 렌즈가 붙어 있는 게 보여. 나는 손바닥으로 그걸 덮고 초인종을 눌러. 혹시 나인 것을 안 그녀가 문을 열지 않으면 안 되잖아. 싫어하는데 그냥 두라니? 그게 무슨 소리야. 본인이 화가 났다고 모든 대화의 경로를 차단하는 것은 좋지 못한 습관이야. 나는 연인으로서 그걸 가르쳐 줘야만 해.

초인종 소리가 들려. 나는 가만히 문에 귀를 가져다 대. 적막해. 안에서는 별다른 소리가 들리지 않아. 문을 열려고 다가오는 소리 정도는 들려야 하는데 말이야. 연거푸 벨을 누르지만 역시 마찬가지야. 나는 팔을 들어 손목에 걸린 시계를 확인해. 아까 퇴근했으니 벌써 집에 오고도 남을 시간이었지.

둘 중 하나야. 그녀는 집 안에 있거나, 혹은 아직 돌아오지 않았거나. 그게 의미하는 바는 명확하지. 집에 있는데도 대답하지 않는다면 그건 나를 피한다는 뜻. 집에 없다면 내가 아닌 다른 사람을 만나고 있다는 뜻. 나는 그 두 가지 모두 용서할 수 없어.

나는 방법을 찾아. 그녀가 집에 있는지 확인할 수 있는 방법. 딱 5시간이야. 내가 그녀의 변덕을 이해하고 용서할 수 있는 시간이지. 나는 그녀를 기다려.

알아. 지금 막 5시간이 지났다는 거.

내가 계단에 앉아 있는 동안에도 그녀는 모습을 드러내지 않았어. 수상한 사람으로 보였을 거라고? 두 명 정도 흘끔거리면서 지나가긴 했지만 누구냐고 캐묻는 사람은 없었어. 당연하지 않아? 2021년이야. 이곳만 해도 한 층에 열 개의 호실이 있어. 누가 어느 집에 사는 사람인지, 내가 입주민인지 외부인인지 아무도 알 리가 없잖아. 입장을 바꿔 생각해 봐. 내가 입주민이 아니라는 걸 알고 있어도, 계단에 얌전히 앉아 있는 처음 보는 남자에게 당신 누구냐고 물을 수 있겠어?

나는 일어나. 다시 그녀의 집 앞으로 가. 여전히 닫힌 문을 보다가 하는 수 없이 허리를 숙여 박스를 열어. 아까 봤지? 2시간 전에 잠깐 나갔다 온 내가 이 박스 안에 뭘 담아 왔는지. 그래. 겉으로는 그냥 남의 집에 도착한 택배라고 여겨질 수도 있겠다. 요즘엔 집에 사람이 없으면 택배기사들이 물건을 현관 앞에 놓고 가니까 말이야. 하지만 이건 택배 같은 게 아니야. 작은 플라스틱 통이 들어 있지. 나는 뚜껑을 열고 안에 든 걸 그녀의 현관문과 바닥에 뿌려. 휘발유 냄새가 복도를 가득 메우지만, 나는 이 냄새가 그다지 싫지는 않아.

통을 모두 비우고 나서야 나는 자리를 옮겨. 5시간은 상당히 지루한 시간이었어. 그래도 5시간이나 쓴 걸 보면 내가 그녀를 사랑하기는 했나 봐. 내 주머니에는 라이터가 들어 있어. 지포 라이터. 처음 작곡비를 받아 해외여행을 갔을 때 빈티지한 느낌이 마음에 들어 샀던 것이었는데. 좋아하는 물건이긴 하지만 그녀를 위해서라면 뭐가 아깝겠어. 나는 뚜껑을 열고 불을 붙여. 그리고 라이터를 그대로 던져. 불이 붙은 라이터는 바닥에 흩뿌려진 휘발유 위에 안착해. 몇 초 랄 것도 없이 불이 붙어버려. 나는 몇 걸음 떨어진 곳에 서서 피어날 혼란을 기다려.

화염이 현관문을 절반쯤 뒤덮었을 때 화재경보기가 울어. 요란한 소리에 뛰어나온 사람들이 소스라쳐. 누군가는 계단을 달려 도망가고, 누군가는 휴대폰으로 전화를 걸어. 아, 저 사람은 대단하네. 복도 벽의 소화전을 열고 호스를 꺼내 와. 어떤 사람일까? 제대로 된 소방 교육을 받았나 봐.

소방차가 허겁지겁 달려온 건 4분이 지났을 때야. 이미 그 용감한 남자가 불을 끈 뒤지. 그때까지도 1308호의 문은 열리지 않아. 그녀는 집에 없었던 게 맞는 모양이야. 어디를 갔을까? 상상할수록 분노해. 이제 나는 알아. 그녀는 나의 것이 되지 않을 생각이라는 걸. 나도 이제 그녀를 갖지 않을 거야.

새로운 사실을 알려줄까?

지금 그녀가 모르는 것이 하나 있어.

난 이제 그녀를 찾을 수 있지.

8

소방서에서 온 전화를 받은 건 새벽 3시가 넘었을 때였어.

집 현관문이 불탔고, 누군가에 의한 방화라는 소식을 들었을 때, 나는 즉시 한치훈을 떠올리지 않을 수 없었지. 나를 죽이려 했던 걸까? 어쨌든 이걸로 확실해졌어. 그 인간은 미쳤어.

곧장 택시를 타고 집으로 향했어. 불을 끄느라 뿌린 소방수 때문에 난리도 아니었지. 먹물 같은 시커먼 물이 복도를 온통 적시고 있었고, 구경 나온 입주민과 경찰, 소방대원들이 우글거렸어. 그중에는 새벽인데 시끄럽다고 항의하는 사람까지 있었지. 경찰은 팔을 들어 내 앞을 막아.

"집주인이에요."

그렇게 말하자 나를 얼른 데리고 누군가 앞에 세우더라. 50대로 보이는 중년 남자였는데, 새벽인데도 전혀 피곤해 보이지 않는 인상이었지. 덩치가 컸는데 지방이 아니라 전부 근육인 것 같았어. 명함을 보니 형사더라고.

나는 긴 설명을 할 것도 없이 한치훈에 대해 말했어. 내가 연락을 받지 않으니 이런 짓을 벌인 것 같다고. 물론 회사 위치를 알려주지도 않았는데 꽃다발을 보냈다는 걸 말하는 것도 잊지 않았지.

"어떻게 알게 된 사람인가요?"

나는 공원에서 우연히 만난 사람인데 그 사람이 데리고 다니는 개에 물린 일로 인연이 닿았다고 대답했어.

"전혀 모르는 사람과 만나신 거예요?"

형사의 쌍꺼풀 없고 가느다란 눈이 내 얼굴을 핥듯이 훑고 지나갔어. 나도 모르게 얼굴이 달아올랐어. 대답을 못 하고 있자 그가 또 물었어.

"그 사람 인적 사항은 아세요?"

내 얼굴은 점점 붉어졌지. 생각해 보니 내가 아는 건 그 사람의 이름과 핸드폰 번호 말고는 없었어. 나는 아무것도 몰랐어. 그 사람의 주소도, 심지어 나이조차도.

어물거리는 나를 두고 형사가 알 것 같다는 듯 씁쓸한 표정을 지었지. 그 눈에는 명백한 비난이 담겨 있었어. 그 순간 그에게 나는 제대로 알지도 못하는 사람에게 연락처를 주고 시시덕거리며 여지를 남기는 여자로 비춰진 거야. 해명을 해야만 했지. 내가 '아무나'에게 연락처를 주는 '그런' 사람이 아니라는 해명을.

"아! 그 사람 작곡가예요. <너의 사랑이 온다면>이라는 곡의 작곡가."

나는 얼른 휴대폰을 꺼내 검색했어. 금세 결과가 나와. 이번엔 곡명과 함께 그 남자의 이름을 입력하고 의기양양하게 화면을 보여줬지. 갑자기 한치훈이 산다던 수린 전원주택 단지도 생각났지. 무심코 입 밖에 냈는데, 그걸 들은 형사의 표정에 나는 그만 표정이 굳고 말아.

'돈 많은 전문직이라고 하니 넘어갔다, 이거군.'

그 눈은 그렇게 말하고 있었어.

집 앞에 경찰 통제선이 쳐졌어. 방화라는 건 명백하니 이제 범인을 찾겠다는 형사는 나에게 오늘 밤은 다른 안전한 곳에 가 있으라고 해. 당연한 말이야. 다 타고 부서진 문 안으로 들어가 지낼 생각은 조금도 없었어.

형사는 내일 날이 밝는 대로 경찰서로 오라고 했어. 조사를 받아야 한대. 나는 한치훈을 고소할 생각이야. 접근금지신청도 할 거고, 가능하다면 신변보호요청도. 그러면 '스마트 워치'라는 걸 지급받을 수 있다고 해. 위험 상황이 생겼을 때 손목시계처럼 생긴 스마트 워치를 누르면 실시간 위치가 전송되면서 신고가 들어간다고 했어.

형사는 내가 알려주는 한치훈의 휴대폰 번호를 받아 적어. 휴대폰 위치를 추적하면 곧 체포할 수 있을 거래. 나도 그렇게 생각해서 고개를 끄덕였어.

근데 말이야. 문득 겁이 나.

정말로 그렇게 하면 되는 걸까? 접근금지신청을 하고, 경찰이 한치훈을 조사하면 모든 것이 해결될까? 한치훈은 바로 구속될까? 설령 구속된다고 해도 감옥에 갈 수는 있을까? 과연 몇 년이 구형될까?

그는 내 주소도, 회사가 어딘지도 알아. 하지만 나는 한치훈에 대해 제대로 아는 것이 거의 없지. 정체 모를 남자가 나를 알고 있다는 것은 또 다른 차원의 공포야. 나는 두 번 다시 이 집에 살 수 없을 거야. 다른 어딘가로 또 이사를 가야겠지. 회사는 다닐 수 있을까? 나를 받아줄 이직처는 있을까? 스토커가 누군가를 살해했다는 뉴스가 많이 보여. 피해자들의 절규에도 스토커들은 유유히 그들의 주변을 맴돌아. 그걸 막을 법이 없대. '100미터 이내 접근금지'? 만약에 100미터 바로 앞에서 주시하던 스토커가 달려들면 어떻게 해? 100미터 앞에 있는 범죄자가 나를 죽이는 게 빠를까? 신고를 받고 출동하는 경찰이 범죄자를 체포하는 게 빠를까?

나는 잘 모르겠어.

형사들은 몇 가지를 추가로 안내하고 돌아가. 소방대원들도 장비를 챙겨서 떠난 뒤였어. 몇몇 주민이 흥미로운 시선을 보내며 나를 흘깃거릴 뿐이야. 아마도 들었겠지. 내가 남자를 잘못 만나서 이런 일을 당했다는 거 말이야. 그들의 눈은 조심성 없이 나를 훑어. 내 잘못을 찾고 있는 거야.

나는 얼른 부서진 현관문 안쪽으로 들어갔어. 다시 말하지만 여기서 잘 생각은 없어. 두 번 다시 이곳으로 돌아오지 않을 거야. 당장 급한 물건이라도 챙기고 싶었지.

불이 붙은 곳은 현관문뿐이라 집 안 가구들은 의외로 멀쩡했어. 거실등 스위치를 눌렀지만 켜지지 않아. 그을린 냄새를 가득 머금은 어둠이 고집스럽게 자리를 차지하고 있었지. 손에 닿는 대로 스위치를 딸깍여 봤지만 어떤 등도 켜지지 않았어. 불을 끄는 과정에서 합선이라도 된 모양이야.

나는 휴대폰의 손전등 기능을 켰어. 아주 조금 어둠을 가를 뿐인 빛이지만 그나마라도 의지가 돼. 손전등에 의지해 보는 집 안 풍경은 익숙하면서도 낯설어. 늘 살던 집이지만 평소의 편안한 느낌은 조금도 없고, 온몸을 경직시키는 긴장감만 남았지.

나는 곧장 붙박이장 문을 열어. 옷은 꽤 많지만 당장 다 가져가지는 않을 거야. 급한 대로 몇 벌, 일주일 정도 지낼 옷을 챙길 생각이었어. 티셔츠와 반바지. 출근용 정장과 원피스를 두 벌씩. 결국 회사를 그만두게 되더라도 어쨌거나 사직서는 제출해야 하니 말이야.

지체할 수는 없어. 허리를 숙여. 붙박이장 바닥에 놓아둔 캐리어를 끌어내고 쭈그려 앉아 지퍼를 열던 내 손이 우뚝 멈춰. 나는 숨을 쉬지 않아. 숨을 쉴 수가 없지. 캐리어를 끌어낸 직후 시선 끝에 걸린 그 존재 때문이야.

믿을 수 없는 것을 본 나는 천천히 고개를 돌려. 그 존재의 불길함을 나는 알아. 바보처럼 그걸 보면 안 되고 지금 당장 이곳을 벗어나야 한다는 것도. 그런데도 고개는 붙박이장 쪽으로 향해. 정확히는 조금 전 캐리어가 있었던 곳, 캐리어가 사라지자 드러난 그 존재로.

누군가의 발이야.

나는 천천히 고개를 들어. 그리고 한치훈과 눈이 마주쳐. 한치훈은 내 옷들 사이로 고개를 길게 빼 내밀고 내려다보고 있어. 그의 눈이 웃고 있어. 그 표정은 아주 기이하고 공포스러워. 나는 비명을 지르지도 못해. 처음엔 너무 놀라서. 다음엔, 한치훈이 달려들어 내 입을 막아서.

마치 그가 옷 사이에서 쏟아지는 것처럼 보였어. 큰 손이 내 입을 덮었어. 다른 손은 내 목을 잡고 밀어붙였고. 나는 저항할 새도 없이 뒤로 넘어가 버렸어. 머리를 바닥에 강하게 박아서 큰 소리가 났어.

나는 많은 생각이 들어. 한치훈이 나에게 무슨 짓을 할지, 어떻게 하면 이 자리를 벗어날 수 있을지, 다른 사람들에게 도움을 요청할 수 있을지, 하는 생각들. 그러나 모든 생각들은 무위로 돌아가.

한치훈이 쥔 무언가가 내 배에 박혀. 한 번, 두 번. 곧 정신이 아득해져서 세기를 그만뒀어. 나는 현관문에 붙었던 그 불덩이가 아직 살아서 배를 가르고 들어오는 줄 알았어. 그게 칼이라는 건 쓰러지고 나서야 알았지.

눈앞이 흐릿해. 나중에는 내 입을 덮은 손이 사라졌는데도 목소리가 나오지 않았지. 불덩이는 계속 내 배를 가르고 들어와. 한치훈이 연신 중얼거리는 게 들려. 무슨 말인지는 잘 모르겠어. 내가 들은 거라고는 고작 단어 하나뿐이야.

"감히…."

깜박거리는 시야에 아까 만났던 형사의 모습이 떠올라. 흥미롭게 흘깃거리는 주민들의 시선과 너의 얼굴까지.

그 눈빛은 하나같이 말하고 있었어. '그러게 왜 그런 놈을 만났어?' '왜 알지도 못하는 사람에게 함부로 여지를 줬어?'

이번엔 내가 물을게.

내가 죽는 게 내 잘못이야?

9

나는 집으로 돌아가. 이미 날이 밝아버렸어.

나무문을 미는데 다 부서질 것처럼 끽끽거려. 이나마도 곧 떠나야겠지. 어차피 누구의 것인지도 모르는 빈집이니 아쉽지도 않아.

응? 수린 전원주택 단지? 그녀가 말했어?

킥.

문을 열자 호두가 학학거리며 달려들어. 나는 허리를 굽히고 손을 내밀었지. 호두가 할짝할짝 핥아. 밤새 기다린 모양이야. 나는 괜히 슬픈 기분이 들어.

"미안해. 데려오지 못했어."

나는 그녀에게 잘해줄 생각이었지. 행복하게 해줄 생각이었고, 이미 그 계획은 시작됐었어. 내 마음을 거부한 건 그녀고, 나는 그녀를 버리기로 한 것뿐이야.

나는 내내 기다렸을, 그리고 조금은 실망했을 호두와 산책할 준비를 해. 방금 버린 그녀를 처음 만난 그 공원으로 향했지. 밤새 한숨도 자지 못해 피곤했지만 새벽 공기가 시원하고 산뜻해서인지 홀가분한 기분이야. 호두도 같은 기분인지 코를 킁킁거려.

어? 아무 이유 없이 기분이 좋은 게 아닌가 봐. 호두가 대각선 방향 저 멀리 있는 벤치를 향해 몸을 뺐어. 나는 그쪽을 봐. 누군가가 앉아 있어.

러닝이라도 막 끝냈는지 숨을 헐떡이는 게 멀리서도 보여. 개인 물병에 입을 대고 목을 축이고 있어. 긴 머리를 하나로 질끈 묶었는데, 그 아래로 드러난 희고 가느다란 목선이 아름다워.

저 사람이라면 나를 배신하지 않을 거야.

나는 휘파람을 불어. 당연하게도 호두가 반응해.

호두는 온몸을 들썩여. 그렇게 리드 줄이 벗겨지지. 호두가 달려가고 나는 호두에게 멈추라고 소리치지만, 우리에게 그것은 '멈추라는' 뜻은 아니야. 소란을 눈치챈 여자가 돌아봐. 그사이 호두는 곧장 여자의 발목을 물어버리지. 내가 말했잖아. 우리 호두는 정말 영특하다니까.

여자의 비명이 들려. 허겁지겁 달려가면서, 나는 웃지 않으려고 애를 써.

날 비난하지 마. 인간은 누구나 혼자 살 수 없어. 다른 사람이 그러하듯 나는 반려할 누군가가 필요했어.

…그래? 그럼….

너로 할까?

준구

1

달리던 준구는 선풍기가 잔뜩 진열된 가전 가게 앞에서 잠시 멈춰 섰다. 가게의 문은 닫혀 있었지만, 신형 선풍기 광고 때문인지 진열대 양쪽으로 어슴푸레한 조명을 켜놨다. 혼수로 선풍기를 마련하라는 노골적인 카피가 여름임을 실감케 했다. 전두환 대통령의 평화와 번영을 강조하는 신년사를 분통 터뜨리며 지켜본 게 엊그제 일인 것 같은데, 벌써 8월이 됐다.

가게 안 벽시계는 12시 20분을 가리키고 있었다. 깜깜한 밤의 도로를 준구는 다시 달리기 시작했다. 곧 마지막 지하철이 도착할 시간이다. 준구는 용산역 계단을 힘껏 뛰어올랐다. 다행히 매표를 기다리는 사람이 없어 준구는 매표소로 달려들었다.

"청량리 한 장이요!"

1,000원짜리 지폐 한 장을 내밀자 아크릴 판 하단의 반원 모양 구멍으로 작은 표 한 장과 거스름돈이 밀려 나왔다. 아크릴에 붙은 '매표소'라는 글자 너머로 여자의 머리가 보였지만, 인사도 대답도 들리지 않았다. 불쾌하기도 했지만 준구는 이해하기로 했다. 종일 기계처럼 매표를 하니 정말로 기계가 돼버렸는지도 모른다. 준구는 얌전히 요금과 목적지가 적힌 표를 들고 개찰구로 향했다. 푸른색 유니폼을 모자까지 갖춰 입은 남자가 준구를 쳐다봤다. 빠르게 다가간 준구는 표를 내밀었다. 표를 확인한 직원은 개표기로 표 끄트머리에 반원의 구멍을 냈다. 이 표는 이미 사용했다는 표식이다.

"내리실 때도 내셔야 하니까 버리거나 놓고 내리시면 안 돼요."

지하철에 익숙하지 않은 사람들이 탑승 후 표를 함부로 버렸다가 출구에서 소동을 일으키는 경우가 많다고 들었다. 이렇게 사람이 일일이 안내해도 비일비재하게 일어나는데,

몇 년 안에 매표와 검표를 모두 기계가 하게 된다는 건 헛소문 같다. 만약 실제로 그렇게 된다면 혼란은 물론이고 표를 구매하지도 않은 도둑 승객들이 늘어날 거다. 준구는 고개를 숙이는 걸로 대답을 대신하고는 표를 도로 받아 들고 승차장을 향해 빠르게 걸었다.

계단을 따라 지하로 내려가자 음습한 공기가 얼굴에 확 끼쳤다. 먼지와 곰팡내가 뒤엉켜 코를 자극했다. 희끄무레한 타일이 박힌 벽면 아래로 나무 벤치가 군데군데 설치돼 있었다. 다른 사람은 없었다.

빠앙!

잠깐 의자에 앉아볼까 생각할 때였다. 지하철이 들어오는 엄청난 소음과 함께 경적이 울렸다. 준구는 왼쪽으로 고개를 돌렸다. 은색 지하철의 전면 상단에 파란색 띠가 쳐져 있다. 옆면에도 군데군데 파란색이 칠해져 있다. 호선별로 색깔이 다르다고 들었지만 매일 1호선만 타는 준구는 파란색 외에 다른 색을 본 적은 없다. 전면 커다란 유리창을 통해 앉아 있는 운전사가 보였다. 준구는 그 뒤로 줄줄이 이어지는 호차들을 볼 때면 생경한 기분이 들곤 했다. 사람 한 명이 저렇게 거대한 차를 끈다는 것이 이상하게 느껴졌다.

이 열차는 청량리행 열차입니다. 서울역, 청량리 방면으로 가실 손님은 차를 타시기 바랍니다.

방송과 함께 문이 열렸다. 안으로 들어가자 시원하고 쾌적한 공기가 어깨를 내리누르던 더위의 무게를 덜었다. 사람은 많지 않았다. 술에 취한 것처럼 보이는 남자가 버려진 인형처럼 상체를 무너트린 채 앉아 있었다. 남자의 대각선 맞은편에 앉은 투피스 정장을 입은 여자가 남자를 힐끗거리며 이따금 코를 막았다. 남자의 행색은 초라했다. 종일 지하철을 타고 할 일 없이 사람 구경이나 하는 노숙인 같았다. 객실 통로 문이 열리며 대학생 정도로 보이는 남자 하나가 들어왔다. 그는 주변을 둘러보고 제일 구석 자리에 철퍼덕 앉았다. 그 맞은편에는 검은색 반소매 티셔츠를 입은 남자가 앉아 있었다. 준구가 탄 객차에는 그 자신을 포함해 다섯 명이 전부였다. 막차기 때문이리라.

뛰느라 거칠어진 호흡을 가라앉히려 준구는 깊은 한숨을 뱉었다. 잠깐 뛰었는데도 그새 땀이 온몸을 적셨다. 얼굴이 찐득거렸다. 준구는 손으로 볼을 훔쳤지만 얼굴에 오른 열은 쉬이 사라지지 않았다.

그나마 냉방 장치가 있어 살았다. 불과 1, 2년 전까지만 해도 냉방 장치라고는 천장에 달린 선풍기가 전부였다. 더위 때문에 창문을 있는 대로 내려 열어놔야 했는데 지하에서는 통풍은커녕 먼지만 잔뜩 들어올 뿐이었다. 그래서 한여름에는 지하철을 타는 사람이 거의 없었다. 에어컨 설치는 결국 손님을 끌기 위함일 터다.

지하철에 에어컨이 달린다는 것은 준구에게 상상도 하지 못한 일이었다. '가뜩이나 공간도 많이 차지하는 커다란 기계를 세워놨다가 급정거라도 하면 쓰러져서 누군가가 다칠 수도 있다. 게다가 에어컨 호스로 물이 계속 빠질텐데 지하철의 어딜 뚫어 물을 뺄 셈인가' 따위의 생각 때문이었다. 새삼 준구는 객차 안을 둘러봤다. 서 있는 에어컨 따위는 없었다. 천장에 설치된 장치를 통해 냉방이 된다고 들었다. 어디로 물이 빠지는지는 모르겠지만 대단한 기술이라고 준구는 생각했다.

그때 후끈한 바람이 얼굴에 닿았다.

'에어컨 돌리는데 누가 창문을 연 거야?'

바람이 오는 쪽으로 고개를 들었다. 반소매 티셔츠 남자의 모습이 눈에 들어왔다. 그는 몸을 옆으로 틀고 낙창식 창틀에 한쪽 팔을 얹은 채 창밖을 내다보고 있었다. 창문이 잔뜩 열려 있었다. 남자의 팔이 준구의 허벅지만큼 굵었다. 반소매 티셔츠 아래로 팔뚝에 새겨진 문신이 어른거렸다. 옆으로 째진 눈이 날카로운 인상이었다.

준구의 시선을 눈치챘는지 남자의 눈이 쓰윽 준구 쪽으로 향했다. 험상궂게 뜨는 눈이 불만 있냐고 을러대는 것만 같다. 준구는 얼른 고개를 돌렸다. 잠시 후 얼핏 눈만 치켜떠 보니 다행히 남자는 창밖에 시선을 두고 있었다.

뭐 하는 남자일까? 준구는 의아했다. 옷이나 문신, 분위기로 봤을 때 평범한 사람은 아닌 것 같았다. 공중전화나 지하철 같은 공공장소에서는 잘못하면 괜한 시비가 붙는다고 하니 조심해야겠다고 생각했다. 준구는 옆 량으로 향하는 통로 문을 힐끔거렸다.

손님 여러분, 다음 역은 서울역입니다. 내리실 문은 오른쪽입니다. 내리실 때는 차 안에 두고 내리는 물건이 없는지 다시 한번 살펴보시기 바랍니다.

서울역을 앞두고 방송이 흘렀다. 준구는 옆에 뒀던 가방을 슬쩍 움켜쥐었다. 정차할 때의 혼란을 틈타 남의 물건을 훔쳐 달아나는 사람이 많다는 얘기가 떠올랐기 때문이었다. 설마, 싶기는 했지만 넋을 놓고 있다 갑자기 소매치기라도 당하면 대책이 없을 것 같았다. 준구의 경계 끝에는 문신한 남자가 있었다.

다행히 문이 열리고 나서도 남자는 준구에게 관심을 보이지 않았다. 문이 닫히고 지하철이 서울역을 출발했다. 준구는 가방을 쥔 채로 가만히 앉아 있었다.

준구가 입시 학원 강사가 된 지는 1년이 지났다. 늦게까지 있는 수업 때문에 지난 1년은 해가 중천에 뜰 때쯤에야 기상하고 이맘때에 퇴근하고 있다. 평범한 직장인들과는 조금 다른 일과에 슬슬 적응되었지만, 아이와 놀 시간이 적은 것은 아쉬웠다.

집에 도착하려면 한참을 더 가야 했다. 역에서 집까지 걸어가는 시간까지 계산하면 새벽 1시가 넘어서야 잠자리에 들 수 있을 것 같았다.

준구는 옅은 한숨을 내쉬었다. 지하철이 터널 안으로 들어갔다. 터널의 어둠을 지키는 새파란 등이 객차 안으로 깜빡이며 들어왔다. 어둠과 서슬 퍼런 파랑에 눈이 아파 준구는 눈을 감았다. 그 때였다.

"우에엑!"

누군가 구토를 하는 소리가 지하철 소음 사이로 들렸다.

준구는 고개를 들었다.

"어어!"

준구가 놀라 벌떡 일어섰다. 갑자기 웬 소란이냐는 듯 정장 차림의 여자가 미간을 찌푸리며 준구 쪽으로 고개를 돌렸다. 준구의 시선을 따라 눈을 옮기던 그녀는 자신을 향해 공포스러운 뭔가가 다가오기라도 할 것처럼 벌떡 일어나 뒷걸음질 쳤다. 고개를 숙이고 있던 노숙인은 일련의 소란에 부스스 깨어나 주변을 둘러보더니 그것을 발견하고는 의자에서 미끄러져 바닥에 주저앉고 말았다.

기절할 듯한 시선들의 끝에 남자가 있었다. 남자는 완전히 의자에서 미끄러져 내려 바닥에 주저 앉은 상태로 의자에 머리를 기대고 있었다. 기이하게 느껴질 만큼 몸을 뒤틀며 바르작거림을 멈추지 않았다. 눈은 허옇게 뒤로 넘어갔고 입에는 거품을 물었다. 아무도 그에게 선뜻 다가서지 못했다.

2

경찰들은 동대문역에서 탑승해 상황을 정리했다. 지하철의 운행은 중단됐다. 경찰은 객차 안 사람들 모두에게 증언을 요청했다.

"혹시 모르는 상황에 대비해서 간단히 신원만 확인하겠습니다. 협조해 주시기 바랍니다."

출동한 경찰관은 두 명이었다. 하얀 옷을 입은 대원들이 경찰관과 함께 들어와 시신을 빠르게 수습해 나갔다. 시신이 눈앞에서 사라져도 그가 남긴 흔적은 여실히 남아 있었다. 경련을 일으키며 소변을 본 것 같았다. 창백한 얼굴로 준구는 그것에서 시선을 떼지 못했다. 사람이 죽는 걸 본 것은 처음이었다. 누구나 그렇듯, 준구에게도 충격적이었다.

그사이 준구의 차례가 왔다. 손바닥 크기 수첩에 목격자들의 인적 사항을 적어 넣던 형사가 준구의 앞으로 다가왔다. 그는 최범례 형사라고 자신을 소개했다.

"댁이 어디십니까?"

"전농동에 살고 있습니다. 청량리역에서 내려야 합니다."

최범례가 가만히 그를 응시했다. 아주 짧은 순간이었지만 준구는 괜한 압박감을 느꼈다.

"표 좀 봅시다."

왜 그런 걸 확인하려는 걸까. 그 남자가 병으로 죽은 게 아닌 걸까.

"집이 멀어서 지하철은 매일 타는데요…."

준구는 양복 상의 주머니를 주섬주섬 뒤졌다. 평소에도 집 열쇠나 성냥, 담배, 하다못해 다방에서 챙긴 작은 포장 설탕 따위들을 한데 쑤셔 넣은 탓에 찾고자 하는 표는 한참 만에 손가락 사이에 걸렸다. 놀란 탓에 설탕이 터졌는지 표 가장자리에 가루가 묻어 있었다. 담배꽁초를 주머니에 넣는 바람에 빨래가 엉망이 되어서 아내에게 욕을 먹은 지 며칠 지나지도 않았는데 이번엔 설탕이다. 또 한 소리 듣겠구나,

하는 동떨어진 생각을 하며 준구는 표를 탈탈 털어 최범례 형사에게 내밀었다. 표를 받아든 최범례 형사는 그걸 한참이나 들여다봤다. 표에 찍힌 목적지는 물론 탑승 시간까지 면밀히 확인하는 듯했다.

앞서 조사를 받은 다른 사람들처럼 준구는 탑승했을 때와 발작을 일으키는 남자를 처음 봤을 때의 상황을 설명한 뒤에야 하차할 수 있었다. 물론 경찰이 필요로 할 때는 언제라도 조사받겠다는 약속을 한 뒤였다.

경찰은 인근 지구대의 지원을 받아 준구를 순찰차에 태워 청량리역까지 데려다줬다. 준구는 순찰차에서 내리자마자 숨을 들이쉬었다. 열대야의 뜨거운 공기뿐이었지만 지하철에서 벗어난 것만으로도 가슴이 시원해지는 것 같았다. 아직도 심장이 쿵쿵거렸다. 경련을 일으키던 남자의 일그러진 얼굴이 뇌리에 어른거렸다. 끔찍한 광경이었다. 한동안 잊히지 않을 모습이었다.

역에서 집까지는 10분가량 걸어야 했다. 거리는 완전히 어두웠다. 인적 없는 길에 오롯이 울리는 자신의 구둣발 소리가 왠지 무서운 기분을 일으켰다. 준구는 불 켜진 가게 하나 없는 청량리 청과시장을 가로질렀다. 골목 안으로 접어

들면 나오는 주택가로 뛰듯이 걸었다.

그의 집은 단독 주택이다. 아내는 아파트에서 살아보고 싶다고 했지만 그는 작더라도 마당 있는 집을 원했다. 몇 번의 다툼 끝에 승리한 준구의 의견대로 준구네 가족은 5년 전 이 집을 사서 청량리로 왔다. 여덟 살 딸과 왁자지껄 떠들며 신나게 칠한 파란색 대문이 준구를 맞이했다. 아내는 아직 자지 않고 있었다.

"많이 늦었네요. 택시 탔어요?"

"아니, 지하철을 타긴 했는데…."

"막차 시간은 한참 지났는데요?"

아내의 물음과 동시에 준구의 머릿속에 시신의 모습이 또다시 떠올랐다. 준구는 미간을 좁혔다.

"안 좋은 일이 있었어. 이따가 얘기해 줄게."

준구는 양복 재킷을 벗어 소파에 던지듯 걸쳤다. 하루 동안 겪은 서로의 일을 한 침대에 누워 이야기하는 건 결혼 생활 속 자리 잡은 둘만의 즐거움이었다. 준구는 아내와 손을 마주 잡고 이야기하다 자연스럽게 잠들고 서로의 얼굴을 보며 깨어나는 순간이 행복했다. 아내도 그렇게 느끼는 것 같았다. 오늘은 좀 더 긴 이야기가 될 것 같았다.

준구는 넥타이를 풀면서 딸 지혜의 방으로 몸을 틀었다. 준구의 속셈을 눈치챈 아내가 재빨리 팔을 잡으면서 말렸다.

"애 깨우지 말고 빨리 씻기나 해요."

"얼굴만, 얼굴만 볼 거야."

아내와의 대화가 준구의 즐거움이라면 딸은 힘의 원천이었다. 늘 늦게 퇴근하는 바람에 볼 수 있는 건 자는 얼굴 뿐이었지만, 준구는 그렇게라도 아이의 성장을 지켜보고 싶었다. 준구는 발코니를 손짓하며 외쳤다.

"어! 소가 넘어간다!"

"뭐?"

깜짝 놀란 아내가 발코니 창을 향해 휙 돌아섰다. 그 틈을 놓칠세라 준구는 재빠르게 지혜의 방으로 들어갔다.

"속아(소가) 넘어갔네."

방문 너머에서 황당해하는 아내를 준구가 히죽거리며 약올렸다. 장난에 당한 아내가 낮은 목소리로 준구를 타박했다. 그래도 아내는 준구를 끌어내려 방에 따라 들어오지는 않았다. 겨우 잠든 지혜를 깨울까 걱정되었을 뿐이지, 아내도 지혜를 아끼는 준구의 마음을 알고 있는 것이다.

지혜는 잠들어 있었다. 이불 아래로 아이만 한 크기의 형체가 불룩 튀어나와 있었다. 딸은 존재만으로 가슴이 뻐근할 만큼 준구를 충만하게 채웠다. 준구는 자신이 이런 가정을 꾸렸다는 것이 가끔 믿어지지 않았다. 기억도 나지 않는 신생아 시절부터 고아원에서 자란 준구에게는 화목한 가정을 가지는 것이 인생을 기꺼이 바칠 수 있을 정도로 절실한 꿈이었다. 아내를 만나고 지혜가 태어나는 순간, 준구는 자신을 고아원 철문 앞에 버리고 간 사람들을 떠올렸다. 그리고 자신은 소중한 아내와 딸을 절대로 버리지 않겠다고 다짐했다.

아이 방 벽에는 달 모양 보조 등이 붙어 있었다. 자기 방이 생긴 지혜는 혼자 자고 싶어 하면서도 어둠을 무서워하는 바람에 등을 켜놓고 자는 습관이 생겨버렸다. 준구는 불을 꺼주고 싶었지만 혹시라도 깨어난 지혜가 놀라진 않을까 그냥 두기로 했다.

어디선가 차의 소음이 들려왔다. 고개를 든 준구의 눈에 열린 창문이 보였다. 커튼이 바람에 조금씩 흔들리고 있었다. 모기가 기승인 한여름이다. 피부가 약한 지혜는 한 방만 물려도 발적이 크게 일어났다. 방충망은 밖을 보기 답답하다고 해서 밤에는 창문을 닫기로 했는데 아무래도 잊은 모양이었다. 준구는 팔을 뻗어 창문을 당겨 닫았다. 그러고는 지혜의 침대 끄트머리에 걸터앉았다. 준구의 체중으로 침대가 살짝 가라앉았다. 열린 방문 사이로 아내가 보였다. 팔짱을 낀 채 선 아내는 준구와 눈이 마주치자 손짓했다. 아이가 깨기 전에 빨리 나오라는 의미다. 준구는 일부러 장난스럽게 웃으며 지혜가 덮고 있는 이불을 살짝 끌어 내렸다. 아내가 못 말리겠다는 듯 웃으며 한숨을 내쉬었다. 준구는 아이의 이마에 뽀뽀라도 할 생각으로 고개를 숙였다.

그 순간, 준구가 벌떡 일어섰다. 그의 눈이 찢어질 듯 크게 벌어졌다. 아내가 고개를 갸웃하며 한 발짝 앞으로 다가섰다. 준구의 시선은 지혜의 침대 위에 완전히 박혀 있었다. 그의 눈이 파르르 떨렸다. 심장이 불안하게 일렁였다. 준구는 자신이 본 것을 믿을 수가 없었다. 아닐 거라고 거듭 생각하며 준구는 이불자락을 쥐었다. 그는 단숨에 이불의 나머지를 벗겨 냈다.

베개였다. 지혜의 자리를 베개가 대신하고 있었다. 지혜는 없었다. 아내가 비명을 삼키듯 양손으로 입을 막았다.

그때 전화벨이 울렸다.

3

“쓸데없는 짓은 하지 않는 게 좋을 거야. 딸을 살리고 싶으면 말이야.”

전화기 너머에서 들려오는 목소리는 나이를 분간하기 힘들었다. 낮으면서도 굵직한 목소리였지만 그것에 둘러진 위압적인 자신감에는 연륜보다는 젊은 패기가 느껴지기도 했다. 전화기를 잡은 손이 덜덜 떨렸다. 상황을 파악하기 위해 눈을 빠르게 깜빡이는데, 시야에 아내가 들어왔다. 아내의 기절할 듯한 얼굴을 본 준구는 바짝 정신이 들었다.

“워, 원하시는 게 뭡니까?”

남자는 후, 하고 웃었다.

"좋은 자세야."

"말씀하세요."

"오늘 네가 입었던 양복 주머니를 확인해."

양복 주머니? 준구는 휘둥그레진 눈으로 옆을 봤다. 자신이 걸터앉은 소파에 양복 상의를 걸쳐 놨었다. 준구는 전화를 든 채 다른 손을 뻗어 옷 주머니에 든 잡동사니들을 모조리 꺼냈다. 아내는 파랗게 질린 얼굴로 준구의 행동을 지켜봤다.

잡동사니들이 테이블 위에 굴렀다. 준구는 손으로 물건들을 뒤적였다. 성냥과 열쇠, 지갑. 언제 넣었는지 모를 은박지 벗겨진 껌도 있었다. 뒤적이던 준구의 손이 투명한 비닐봉지를 발견하자 우뚝 멈췄다. 손에 흰 가루가 묻어 나왔다. 봉투 안에는 흰색 가루가 절반가량 들어 있었다. 살짝 열린 입구 끄트머리로 가루가 후루룩 흘러내렸다. 형사 앞에서 꺼낸 표에 묻어 있던 그 가루로 보였다. 하지만 준구에게 이런 물건을 본 기억은 없었다.

순간, 심장이 쿵 떨어졌다. 남자는 준구가 오늘 양복을 입었다는 것을 알고 있다. 멀지 않은 곳에서 준구를 보고 있었다는 뜻이었다. 지혜가 납치된 건 우연이 아니었다.

흰 가루. 분명 지하철을 탈 때까지는 없었다. 하지만 다시 꺼낸 표에는 묻어 있었다. 그렇다면 지하철 안에서 누군가가 준구의 주머니에 흰 가루가 든 봉투를 넣었다는 계산이 나왔다. 사고 직후, 객차 안 사람들은 우왕좌왕했다. 경찰이 온 이후에는 한데 몰려 증언했다. 누군가가 수작을 부리려면 그때가 적기였다. 준구는 지하철에 있던 사람들의 얼굴을 떠올리려 애썼지만 명확히 기억나는 건 성별 정도뿐이었다.

아내는 지혜가 방에서 자고 있다고 했다. 지혜가 납치된 지 그리 오래되지 않았다는 뜻일 것이다. 그렇다면 침입자는 언제 집에서 빠져나갔을까. 준구는 지혜의 방에서 들었던 차 소리를 떠올렸다.

이자는 준구를 지하철에서부터 따라왔다. 그리고 열린 창으로 지혜를 납치했다.

왜 나인가? 왜 지혜인가? 그런 질문들이 머릿속을 스쳐 갔다. 준구는 테이블에 올려진 흰 가루 봉투를 응시했다. 이것 때문이었다.

“이, 이거 뭡니까?”

“네가 알 필요 있는 물건은 아니야. 그리고 경찰이 알아서도 안 되지.”

마약이다. 그것은 확신이었다.

“고객한테 전달됐어야 하는 물건인데 쓸데없이 처죽는 바람에 일이 꼬였거든. 약쟁이들은 이래서 안 돼. 중요한 일을 앞두고도 약에 손을 대니까, 저 죽는지도 모르고. 어이가 없어서, 원.”

남자가 킬킬 웃었다. 약이 죽음의 원인이라면 준구가 목격한 그 경련은 마약을 과다복용해서 일어난 일인지도 모른다. 남자는 예상치 못한 사고로 경찰이 출동한 것은 바람직한 상황이 아니었다고 했다. 고객에게는 경찰의 주목을 끌면 안 된다는 사정이 있었다. 아마도 ‘전과’일 거라고 준구는 생각했다. 신분 확인을 하다 전과가 들통나면 수색을 받을지도 모른다. 그래서 신분이 확실하고 신체 수색이 필요치 않은 사람, 누가 봐도 평범한 직장인으로 보이는 준구가 ‘고객’이라는 사람의 목표가 됐다. 이제 그는 물건을 돌려받길 원한다.

준구는 길게 이어지려 하는 말을 잘랐다. 그 사람의 사정은 알고 싶지 않았다. 자세히 알아서도 안 된다고 생각했다. 지금은 지혜를 되찾는 게 우선이었다.

"그럼 지금 당장이라도 돌려드리면 되잖습니까? 왜 굳이 우리 지혜를 데려가신 겁니까? 신고는 절대 하지 않겠습니다. 조용히 돌려드리겠습니다. 우리 지혜만, 지혜만 돌려주십시오."

준구에게 남자의 불법 따위는 관심 없었다. 지혜를 데려간 납치범에게 준구는 무릎이라도 꿇을 각오가 되어 있었다. 하지만 전화기 너머의 남자는 웃었다. 심장이 차가워질 듯 서늘한 웃음이었다.

"그럴 거면 애초에 내가 왜 이런 수고를 하겠어."

"워, 원하시는 게 뭡니까?"

"사실은 말이야. 좋은 아이디어가 떠올랐거든. 경찰이 무슨 냄새를 맡았는지 요즘 주변이 어수선해서 말이야."

'좋은 아이디어.' 준구는 숨을 죽이고 다음 말을 기다렸다.

"그 물건을 당신이 직접 전달해 줘야겠어."

죽은 남자 대신 마약 전달책이 되라는 얘기였다. 거리에 나가면 5초 안에 만날 법한 더없이 평범한 사람인 준구는 경찰의 수사망 밖이라는 계산에서 나온 선택이라고 그자는 설명했다.

"하지만…."

준구가 주저하는 순간 찢어질 듯한 울음소리가 귓전을 때렸다. 등줄기의 신경이 꼿꼿이 곤두섰다. 지혜의 목소리였다.

"뭐 하는 겁니까!"

"내 말을 못 알아듣는 것 같아서 말이야."

"합니다. 하겠습니다. 제발 우리 지혜만큼은…."

"이제야 말귀가 통하는군."

남자가 다시 웃었다. 준구는 심장이 죄는 듯 고통스러웠다. 문득 옆을 봤다. 아내의 얼굴은 눈물로 흠뻑 젖어 있었다. 무슨 짓을 하더라도 지혜를 무사히 돌려받아야 한다. 아내도 그렇게 생각하는 것이 틀림없었다.

남자가 준구에게 지시를 내렸다.

4

“내일 밤, 청량리역에서 용산행 1호선 막차를 타. 3번 량이야. 엉뚱한 짓으로 다른 사람 눈에 띄지 말고 노인 좌석 바로 위 물품대에 얌전히 물건을 올려놔. 네가 일을 잘 해낸다면 아이를 돌려주지.”

“지혜가 안전하다고 확인되는 게 먼저예요.”

준구는 힘줘 말했다. 단호한 어조에 커다래진 아내의 눈이 불안하게 떨렸다. 남자가 시키는 대로 해야 했지만 그건 지혜를 무사히 돌려받는다는 전제에서였다. 남자를 자극하면 안 됐지만 끌려가기만 해서도 안 됐다. 전화기 너머에서 남자가 후, 웃었다.

"좋아. 서울역을 약속 장소로 하지. 그나마 거기가 사람이 많으니까. 서울역 승차장 앞에 애를 세워둘 거야. 애를 본 즉시 넌 물건을 놓고 내려서 애를 챙겨. 그러면 되지?"

"좋아요."

"잊지 마. 허튼수작을 부리면 애 목숨은 없다는 걸. 내가 널 지켜보고 있어."

긴 밤이었다. 준구와 아내는 한숨도 이루지 못했다. 남자가 제시한 막차는 밤 12시 35분 차였다. 그 시각은 피가 마를 정도로 더디게 왔다. 그동안 준구와 아내는 먹지도 마시지도 못했다. 불과 하루도 지나지 않았는데 아내의 입술은 바짝 말라 하얗게 갈라져 있었다. 준구는 전화기 앞에 앉아 아무 말도 하지 못했다. 혹시 남자의 지시가 바뀌기라도 할까, 그 전화를 받지 못할까 두려웠다. 아무리 기다려도 전화는 오지 않았고, 그 대신 억겁의 시간이 걸려도 오지 않을 것 같은 밤이, 드디어 왔다.

12시 25분. 막차 10분 전. 지금 출발해야 했다.

준구는 양복 상의를 집어 들었다. 아내는 눈빛을 보내는 것만으로 준구를 배웅했다. 부디 무사히 지혜와 함께 돌아오라는 그녀의 바람이 준구를 무겁게 짓눌렀다.

준구는 역사를 향해 걸었다. 한동안 열대야가 기승일 거라는 라디오 뉴스대로 몇 발짝 만에 온몸이 땀으로 젖었다. 공원에는 잠을 이루지 못한 가족들이 나무 밑에 돗자리를 깔고 누워 있었다. 남자들은 러닝셔츠만 입은 채였다. 어제부로 잃어버린 평화를 가진 그들에게 준구는 원망에 가까운 질투를 느꼈다.

발걸음이 무거웠다. 누군가 계속 발을 잡아당기는 것 같았다. 힘을 들여 내디딜 때마다 준구는 주변을 살폈다. 남자가 보고 있을지도 모른다는 생각에서였다.

누군가가 철제 버스정류장 표지판에 기대 신문을 읽고 있었다. 버스는 이미 끊어지지 않았던가? 가로등 불빛에 의지해 신문을 읽는 모습이 수상했다. 준구는 길 건너로 시선을 돌렸다. 각진 검은 차 한 대가 인도에 서 있었다. 내부는 보이지 않았다. 저 안에서 누군가가 지켜보고 있는지도 모를 일이었다.

다시 걸음을 옮기던 준구의 온몸에 찬물을 끼얹은 듯 소름이 돋았다. 주변을 둘러보느라 느리게 걷지 않았다면 몰랐을 것이었다. 준구가 아닌 다른 자의 걸음 소리가 귓전을 때렸다. 조금 전까지 들리지 않았던 소리였다. 그 사람은 준구의 보폭에 맞춰 따라오고 있었다. 숨을 쉴 수가 없었다. 목언저리가 꽉 막힌 기분으로 준구는 눈을 크게 떴다. 준구의 신경은 온통 뒤를 향했다.

준구는 걸음을 멈췄다. 주먹을 움켜쥐었다. 심장이 쿵쾅거리는 소리가 준구의 머릿속을 꽉 메웠다. 축축한 손바닥과는 달리 입안이 바싹 말랐다.

한 남자가 이상하다는 듯 그를 슬쩍 보고는 스쳐 지나갔다.

준구는 지나쳐 간 남자가 시야에서 사라질 때까지 숨을 몰아쉬었다. 골목길 안으로 들어갈 때까지 남자는 준구를 돌아보지 않았다.

'나와는 상관없는 사람인가. 아니, 미행을 들키지 않으려 모른 척 사라진 걸지도 모른다.'

준구는 머리를 흔들었다. 분노로 이성을 잃을 것 같은 스스로를 설득했다. 준구가 협박한 남자의 정체를 알아낸다고 해도 지시에 따르지 않으면 지혜는 돌려받을 수 없었다. 지금 준구가 할 수 있는 것은 남자가 원하는 것을 옮기는 일뿐이었다. 준구는 다시 걷기 시작했다.

청량리역은 텅 비어 있었다. 밤이슬을 피하려는 노숙자들만 계단에 앉아 준구를 멍하니 지켜보고 있었다. 준구는 딱딱하게 굳은 얼굴로 냉정하게 그들을 지나쳤다. 구걸해 봐야 아무것도 나오지 않을 거라 생각했는지 아무도 손을 내밀거나 붙잡지 않았다.

준구는 표를 끊고 개찰구로 향했다. 서 있던 검표원이 준구를 봤다. 준구는 고개를 숙인 채 표를 내밀었다. 물건이 들은 양복 주머니가 무겁게 느껴졌다.

"서울역까지 가시는군요."

검표원이 철컹, 소리를 내며 구멍을 뚫었다. 준구는 고개를 끄덕이기만 하고, 표를 돌려받은 뒤 빠르게 개찰구를 지났다.

어제까지만 하더라도 무더웠던 플랫폼이건만, 준구는 전혀 덥지 않았다. 오히려 추운 기분이 들었다. 몸이 덜덜 떨리고 심장이 불안하게 뛰었다. 주변에 아무도 없었다면 지하철이 도착하기 전에 주저앉아 눈물을 터뜨렸을 것이다. 준구는 최대한 몸을 꼿꼿이 세웠다. 하얀색 페인트 선이 그어진 승차장을 따라 걸어 3번 량 출입구 앞에 섰다. 어디선가 자신을 지켜보고 있을 그자에게 '허튼짓'을 한다고 오해받으면 안 된다는 생각에서였다. 순간 준구는 숨을 멈췄다.

딱딱하게 목에 힘이 들어갔다. 크게 뜬 눈은 강제로 정면에 못 박아두었다. 그러면서도 신경은 계속 오른쪽으로 향했다. 승차장에 있는 저 사람, 혹시 그자들과 한패는 아닐까.

몸에 완전히 달라붙는 주황색 폴로셔츠에 청색 나팔바지를 입은 남자였다. 어깨까지 내려오는 긴 머리와 옷차림 때문에 굉장히 화려하게 보였다. 남자가 머리를 귀 뒤로 넘길 때마다 주먹만 한 손목시계가 번쩍거리는 게 멀리서도 보였다. 평소 같았으면 별생각 없이 무시했을 겉멋 든 대학생이었다. 하지만 지금의 준구는 저자에 대한 생각으로 머리가 터질 것 같았다.

'정말로 그냥 대학생일까? 막차 시간이다. 술에 취하지도 않은 것 같다. 이 시간에 왜 대학생이 지하철을 탈까?'

준구는 남자를 힐끔거렸다. 시선을 느꼈는지 남자가 문득 고개를 돌렸다. 준구는 재빨리 시선을 바닥으로 떨궜다. 때맞춰 들어온 지하철이 의혹을 샀을지도 모른다는 준구의 불안감을 조금이나마 덜어 갔다. 지하철은 후끈한 바람을 몰고 와 섰다.

이 열차는 서울역, 용산행 열차입니다. 서울역, 용산 방면

으로 가실 손님은 차를 타시기 바랍니다. 이번 열차는 마지막 열차입니다.

문이 열리며 안내 방송이 나왔다. 준구는 열차 쪽으로 한 걸음 내디뎠다. 순간 이상한 기분이 들어 옆을 봤다.

폴로셔츠 남자와 눈이 마주쳤다. 그는 열차에 타지 않고 준구를 주시하고 있었다. 경고. 소름이 온몸을 타고 흘렀다. 순간 희망과 불안이 동시에 준구의 머릿속을 스쳤다.

'지혜를 납치한 자는 자신이 경찰의 주목을 받고 있다고 했다. 혹시 저 남자는 경찰이 아닐까? 사람이 없는 지하철에서 마약을 거래한다는 정보를 듣고 잠복하고 있는 건지도 모른다.' 도움을 요청하면 지혜를 찾아줄지도 모르는 사람. 하지만 준구는 저자와 떨어져야겠다고 판단했다. 납치범의 어디선가 지켜보고 있다는 말은 강력했다. 제대로 약속이 이행되지 않으면 그자는 지혜를 돌려보내지 않을 것이다. 지혜를 데리고 있는 그자가 지혜를 해치는 것보다 더 빠르게 경찰이 지혜를 구할 수 있다는 신뢰는 조금도 없었다.

시험하듯, 준구는 한 발짝 뒤로 물러났다. 짝다리를 짚고 관심 없는 척하던 남자가 별안간 멈칫했다. 남자는 어색한 몸짓으로 허리를 굽혀 신발 끈에 손을 댔다. 이 차는 막차다. 지하철을 기다리던 사람이었다면 끈이 풀렸더라도 필시 올라탔을 것이다. 저자는 자신을 뒤쫓고 있다. 그래서 눈치를 보는 거다. 준구는 확신에 가까운 생각이 들었다.

그사이 출입문이 바람을 내뿜으며 닫히려 했다. 준구는 열차 문이 움직이는 순간을 놓치지 않고 객차 안으로 뛰어들었다. 아주 짧은 순간, 문이 완전히 닫혔다. 준구는 재빨리 뒤돌아서 문에 난 창을 통해 바깥을 내다봤다. 폴로셔츠의 남자가 황당한 듯 휘둥그렇게 뜬 눈으로 이쪽을 보고 있었다. 그는 단발머리를 쓸어 넘기며 짜증스러운 듯 미간을 찌푸렸다. 눈이 마주쳤지만 아주 찰나였다. 준구가 탄 열차는 폴로셔츠의 남자를 두고 빠르게 승차장을 벗어났다.

준구는 낮은 한숨을 쉬며 의자까지 뒷걸음질 쳤다. 풀썩 주저앉았다. 온몸을 가득 채운 긴장이 숨 쉬기를 불편하게 했다. 두 손으로 얼굴을 가리고 깊은 한숨을 쉬었다. 냉정해져야 했다. 자신에게 지혜의 생명이 달려 있다고 생각하면 한시도 마음 놓고 있을 수가 없었다.

준구는 고개를 들어 우측 벽면의 객차 번호를 확인했다. 3번이라는 번호를 보고 잠시 안도했다. 지시한 객차에 제대로 올라탔다. 이제 노약자 좌석 물품대 위에 물건을 담은 종이봉투를 올려놓기만 하면 된다. 비닐째로 랩으로 한 번 더 포장한 가루를 담은 봉투였다. 종이봉투는 지난겨울 내복을 구매할 때 받았던 걸 골랐다. 은행 봉투에 넣을까 싶었지만 내용물이 돈인 줄 안 누군가가 가져가는 상황을 피하고 싶었다. 내색하지 않을 수 없는 긴장 탓에 준구는 아랫입술을 한 번 깨물었다. 이제는 더 물러설 길이 없다. 준구는 결심한 듯 자리에서 일어났다. 그러다 돌연 숨을 삼켰다.

미처 보지 못했다. 의자 세 개가 나란히 붙어 있는 노약자 좌석에 노숙인이 모로 누워 있었다. 몸을 웅크린 그의 몸은 지하철을 따라 덜컹대며 흔들렸지만 중심을 잘 잡는 것이 이 자리가 익숙한 듯 보였다.

준구는 품 안의 봉투와 노숙인을 번갈아 봤다. '저기 뒀다가 노숙인이 훔쳐 가기라도 하면 어떡하지?' 그렇게 생각할 때 통로 문이 열리고 검은 모자를 쓴 남자가 들어왔다.

'나를 감시하는 사람인가?'

의심으로 준구가 몸에 힘을 주는 사이, 남자는 큰 보폭으로 그의 앞을 지나쳤다. 어정쩡하게 서 있던 준구는 남자를 계속 의식했다. 이윽고 그가 자신의 앞을 스칠 때, 준구는 온몸에 소름이 돋았다. 모자 아래에 숨겨져 있던 남자의 형형한 눈과 마주쳤기 때문이었다. 다리가 맥없이 풀린 준구는 의자에 털썩 주저앉았다. 남자는 어슬렁 다음 객차로 넘어갔다.

'지켜보고 있다.'

그 눈은 그렇게 말하고 있는 것 같았다.

끊어질 듯한 긴장 속에서 지하철은 계속 달렸다. 이제 약속된 서울역이 불과 한 정거장 앞이었다. 납치범은 물건을 확인한 뒤 서울역에 지혜를 세워놓겠다고 했다. 하지만 준구가 물건을 제대로 올려놓은 것을 대체 어떻게 확인한다는 걸까. 준구는 자신을 감시할 공범이 이 차에 함께 탔을 거라고 유추했다. 본능적으로 준구는 알았다. 조금 전 그 남자였다.

그는 준구가 아직 물건을 갖고 있는 걸 확인했다. 그 날카로운 눈빛을 떠올리자 다시금 오금이 저렸다. 준구는 주먹을 움켜쥐었다. 다시 노약자석을 봤다. 노숙자는 잠들어 있다. 조용히 내려놓기만 하면 어디서든 보고 있을 놈들이니 물건이 없어지는 불상사는 알아서 막을 수 있을 거라고 스스로를 진정시켰다.

준구는 발소리를 낮춰 천천히 노약자석 쪽으로 다가갔

다. 열대야 속에서 에어컨은 쉴 새 없이 가동되고 있었지만 준구의 몸을 가득 메운 분노에 가까운 열을 식히기에는 역부족이었다. 노약자석 앞까지 간 그는 더운 숨을 참으며 종이봉투를 든 손을 고요히 물품대 위로 뻗었다.

순간, 다른 생각이 준구의 행동을 저지했다.

납치범은 물건을 확인한 뒤 지혜를 돌려주겠다고 했다. 하지만 물건을 확인했다는 걸 어떻게 알려줄지는 말하지 않았다. 준구는 휴대전화 같은 사치품을 가지고 있지 않다. 납치범은 준구의 삐삐 번호도 묻지 않았다. 물건을 그들에게 건네고도 지혜를 돌려받지 못한다면? 준구는 그것만큼은 피하고 싶었다. 의심과 혼란 속에서 준구는 불안이 속삭이는 소리를 들었다.

그들은 정말로 지혜를 돌려줄 마음이 있는 걸까?

지하철은 어느덧 서울역 승차장으로 진입하고 있었다. 준구는 종이봉투를 움켜쥔 채 팔을 내렸다. 간절하게 창밖을 내다봤다. 고개를 빼며 승차장을 살폈지만 지하철이 스쳐 지나간 곳에도, 승차장 끝에도 지혜는 보이지 않았다. 혹시나 싶어 반대쪽 차로를 봤다. 거기에도 지혜는 없었다.

준구는 숨이 막힐 것 같았다. 머릿속이 텅 비었지만 생각하나는 확실했다. 지혜의 안전이 담보되기 전에는 절대 이 물건을 놓아서는 안 된다는 것. 불행한 일이지만, 어쩌면 지혜는 납치범의 얼굴을 봤을지도 모른다. 그런 지혜를 그자들이 풀어줄 리가 없다. 자신들이 팔기로 한 이 마약을 어떻게든 경찰의 눈을 피해 전달하고 나면 그들은 돌변할 것이다.

준구는 입술을 앙다물었다. 종이봉투를 든 손이 긴장과 분노로 떨리는 걸 꾹 참으며 창밖을 노려봤다.

서울역입니다. 내리실 문은 오른쪽입니다.

지하철이 완전히 멈췄다. 바람 빠지는 소리를 내며 문이 열렸다. 납치범이 말한 3번 승차장에는 지혜도, 납치범으로 보이는 사람도 보이지 않았다. 준구는 조금 전 모자를 쓴 남자가 들어간 객차 쪽을 지독하게 노려봤다. 지금 그가 이쪽을 보고 있을 거라는 생각에서였다. 그런데.

"놔."

사막처럼 서걱거리는 목소리. 준구는 굳었다. 그 목소리는 조금의 온정도 없었다. 목소리처럼 불쑥 튀어나온 손이 준구가 가슴에 끌어안은 종이봉투의 아랫단을 잡았다.

아까까지 자고 있었던 노숙인이었다. 사방이 찢어진 더러운 벙거지 아래로 노숙인의 뱀 같은 눈이 빛났다. 비로소 어제의 기억이 떠올랐다. 어제도 객차 안에 노숙인이 있었다. 이자였다. 마약을 건네받을 사람이.

5

준구는 반사적으로 몸을 외로 틀며 움츠렸다. 순간적인 힘에 노숙인의 손이 준구를 놓쳤다. 노숙인은 어이없다는 듯 바람 빠지는 소리를 냈다. 그의 눈이 서늘할 정도로 쌍클해진 것은 아주 짧은 순간의 일이었다.

지하철 문 닫습니다. 문 닫습니다.

출입문이 기계음을 내며 천천히 닫혔다. 노숙인이 소리에 반응하여 고개를 돌리는 사이, 준구는 그 찰나를 놓치지 않고 종이봉투를 끌어안은 채 재빨리 다음 객차로 뛰었다. 승객이 거의 없었지만 운전석이 있는 맨 앞 량까지 가면 다른 승객을 발견하든, 운전자에게 도움을 청하든 방법이 있을 거라 생각했다. 준구는 운전석에는 지하철 관리소와 연락할 수 있는 무전기가 있다는 걸 지하철 개통 뉴스에서 본 적 있었다.

'지혜의 안전을 확인하기까지는 절대 물건을 놓칠 수 없다.'

준구는 기도하는 심정으로 통로 문을 거칠게 열어젖히고 2번 객차로 뛰어들었다. 2번 객차에는 덩치 큰 남자가 천장부터 바닥까지 연결된 바형 손잡이에 기대 졸고 있었다. 민소매 티셔츠 아래로 울퉁불퉁한 근육이 보였다. 문이 거칠게 열리는 소리에 놀라 깬 남자는 고개를 들었다. 험악해 보이는 얼굴에는 뺨부터 턱까지 오래된 상흔이 이어져 있었다. 준구는 뒤를 확인했다. 통로에 달린 창을 통해 이쪽을 응시하는 노숙인과 눈이 마주쳤지만 그는 거기서 움직이지 않았다.

같은 편이 아니구나! 노숙인은 외부인의 출현에 주저하고 있었다. 확신의 순간 준구는 남자에게로 달려가 말을 쏟아냈다.

"도와주세요, 제발 도와주세요. 저 남자가 절 죽이려고 합니다. 제 딸을 납치했어요."

남자는 휘둥그렇게 뜬 눈으로 준구를 봤다. 준구의 말을 제대로 이해하는 것처럼 보이지는 않았지만 잠은 확실히 깬 것 같았다. 파랗게 질린 준구의 손짓을 따라 남자가 통로 쪽으로 고개를 틀었다. 이쪽을 보고 있던 노숙인이 스윽 객차 벽 뒤로 몸을 숨겼다.

"제발요."

남자는 인상을 쓰고 준구를 응시했다. 간절한 준구의 표정으로 보통 일이 아닌 걸 안 모양이었다. 남자는 진지한 표정으로 자리에서 일어나 준구가 왔던 쪽으로 향했다. 앉아 있을 때도 위압적이었지만 남자는 몸을 펴자 생각보다 훨씬 몸집이 거대한 사람이었다. 과하게 부푼 근육 때문에 몸체에 팔이 붙지 않을 정도였다.

남자는 주저 없이 통로 문을 젖혔다. 준구는 재빨리 그의 뒤에 붙었다. 경찰이 개입되기 전이라면 직접 물건과 아이를 교환할 수 있을 것이다. 협상의 가능성은 충분히 있었다. 준구는 아직 저들이 지혜를 해치지 않았을 거라 확신했다. 지혜의 안전은 준구의 품에 있는 물건의 안전과 무게를 같이 하고 있기 때문이다. 물건을 넘기지만 않는다면 승기는 이쪽에 있었다.

남자는 문이 열리자마자 몸을 틀며 한쪽 팔을 뻗었다. 몸을 숨기고 있던 노숙인을 잡은 것 같았다. 남자가 시야에서 사라졌다. 준구는 재빨리 통로를 넘어 따라 들어갔다.

남자는 노숙인을 완전히 제압하고 있었다. 노숙인의 목을 잡고 벽에 밀어붙인 자세였다. 두 사람을 한눈에 보니 노숙인은 믿을 수 없을 정도로 왜소해 보였다.

"당신 뭐야? 이 남자가 하는 말이 맞아?"

상황 판단이 안 되는 걸까. 남자의 말에 노숙인이 픽 웃었다. 근육질 남자의 이마에 툭 불거진 심줄이 꿈틀거렸다.

"웃어?"

준구는 대화를 시도하려 한 발짝 다가갔다. 그 순간 준구는 노숙인의 자세가 이상하다는 걸 눈치챘다. 노숙인은 등 뒤로 한 팔을 숨기고 있었다. 거기서 뭔가가 반짝거렸다.

"잠깐…."

그러나 준구가 경고의 말을 뱉기도 전에 일은 벌어졌다. 노숙인이 빠르게 지른 손에는 정육점에서나 쓸 법한 길고 날카로운 칼이 들려 있었다. 앞일을 예상하는 것보다 칼이 남자의 목을 파고드는 게 훨씬 빨랐다.

"컥!"

근육질 남자의 눈이 찢어질 듯 커졌다. 그는 자신에게 무슨 일이 벌어졌는지 확인하려는 사람처럼 핏발 선 눈을 힘겹게 아래로 내렸다. 칼이 목에 박히고 조금 늦게 진득한 피가 흘러나왔다. 이 자체로도 치명상이었다. 그러나 노숙인은 남자의 목에 박은 칼을 옆으로 그었다. 마치 남자의 숨통을 끊는 것에 더해 그의 머리를 잘라 내고 싶은 것처럼 보였다.

"커걱, 커걱."

남자는 대꾸조차 하지 못한 채 무릎을 꿇었다. 준구는 소름이 돋았다. 인간이 아니라 괴물을 앞에 둔 것처럼 공포스러웠다. 노숙인이 저지른 행위에는 인간이라면 응당 가지고 있을 최소한의 죄책감도 양심도 찾아볼 수 없었다. 준구는 자신도 모르게 뒷걸음질 쳤다. 동시에 자신에게로 향한 노숙인의 눈빛에 굳어 꼼짝할 수 없었다. 움직이는 즉시 칼을 든 살인마가 달려들 것만 같았다. 숨이 쉬어지지 않았고 이가 다닥다닥 부딪혀 소리 냈다.

몇 초 되지 않는 대치는 길고도 길었다. 준구의 남은 희망은 운전사뿐이었다. 운전석으로 가야만 한다. 그 생각을 감추지 못한 준구의 눈동자가 통로 쪽으로 굴렀다. 노숙인은 그 변화를 놓치지 않았고 주저 없이 준구에게로 달려들었다. 준구는 온 힘을 다해 버티려 했지만 결국 뒤로 넘어지고 말았다. 엄청난 힘이었다.

"죽고 싶지 않으면 내놔."

"지혜…. 내 딸의 안전 확인이 먼저야."

노숙인이 픽, 하고 웃었다. 그 웃음이 지나간 자리에 소름 끼치는 무표정이 들어섰다. 그의 눈이 번뜩였다고 생각한 순간, 준구의 얼굴에 엄청난 충격이 찾아왔다. 정신을 차리기도 전에 두 번, 세 번 충격은 이어졌다. 준구는 간신히 뜬 눈으로 노숙인의 움켜쥔 주먹을 봤지만 그게 쏟아지는 건 막을 수 없었다. 정신이 가물가물해질 무렵 힘이 빠진 준구의 멱살을 놓은 노숙인이 승리를 확인하듯 종이봉투 안으로 손을 집어넣었다.

"뭐야?"

노숙인의 미간이 잔뜩 찌푸려졌다. 피범벅에 부푼 입술로 준구는 웃었다. 노숙인의 눈에 살기가 더해졌다.

"날 속였어?"

봉투는 비어 있었다.

"내 딸의 안전 확인이 먼저랬잖아. 약속을 어긴 건 당신들이야. 당장 내 딸을 데리고 나오라고 전해."

준구의 얼굴에 곧장 주먹이 꽂혔다. 노숙인은 분을 풀려는 듯 공격을 멈추지 않았다. 피가 사방으로 튀었다. 그는 늘어진 준구의 멱살을 잡아 올렸다. 그러고는 의식을 간신히 붙잡고 있는 준구에게 얼굴을 들이밀었다.

"물건을 넘기기 전까지는 애가 무사할 거라 믿은 것 같은데, 상황을 보니 잘못 생각한 것 같네."

큰 비밀이라도 얘기해 주겠다는 듯 나직한 목소리였다.

"네가 머리를 쓴답시고 물건을 안 가지고 나온 걸 저쪽 놈들이 이미 알아챈 것 같단 말이지. 그러니 네 딸이 장소에 없었던 거야. 일이 틀어졌다고 생각한 그놈들은 이미 사라진 거지. 씨발, 너 때문에 나만 좆 됐어."

그는 얼굴을 일그러트렸다. 준구의 눈이 불안으로 흔들렸다. 노숙인은 그걸 보며 웃었다.

"그, 그럼 지혜는…."

"도망치는 새끼들이 짐짝을 챙겼을 거 같아?"

준구는 아무 말도 하지 못했고 아무 생각도 떠올릴 수 없었다. 노숙인의 말이 불러일으키는 상상 자체가 불온했다.

"이미 네 딸은 죽었을 거야."

노숙인이 못 박았다.

"너도 이제는 죽어야지. 내 얼굴도 봤으니까."

남자의 손이 칼을 고쳐 쥐었다. 그걸 보고도 준구는 차분했다. 피가 차갑게 식었다. 지혜가 죽었다고 생각하자 이제 아무것도 두렵지 않았다. 노숙인에게 깔린 그대로 준구는 몸에 힘을 빼버렸다. 움켜쥔 손이 힘을 잃고 벌어졌다. 노숙인의 얼굴이 반사적으로 준구의 손을 향해 돌아갔다. 준구의 손바닥 안에는 랩으로 꽁꽁 싸맨 흰 가루 뭉치가 놓여 있었다. 미리 주머니에서 꺼내 쥐고 있었을 뿐이었다.

"이 새끼!"

노숙인의 얼굴에 희망이 스쳤다. 노숙인은 약을 주우려고 몸을 틀었다.

준구는 그 순간을 놓치지 않았다. 단전에 힘을 주며 온몸의 힘을 그러모아 노숙인을 밀쳤다. 고함 같은 기합을 내지르며 단숨에 상황을 역전시켰다. 노숙인은 힘을 써보려 했으나 준구가 더 빨랐다. 몸이 자유로워진 준구는 그대로 창을 향해 팔을 휘둘렀다. 손안에 있던 가루 뭉치가 열린 창을 향해 날았다.

"안 돼!"

노숙인이 비명을 내지르며 그대로 몸을 날렸다. 창밖으로 뛰어나갈 기세였다. 창에 걸쳐진 몸의 절반이 지하철 밖으로 나갔지만 그는 결국 가루 뭉치의 일부를 손에 쥔 듯했다. 환희에 활짝 입을 찢은 그의 미소가 터널에 붙은 조명 불빛을 받아 번쩍거렸다. 하지만 그것도 잠시였다.

퍼벅!

생명이 날아가는 소리는 한동안 잊을 수 없을 만큼 둔탁하고 강렬했다. 준구가 질끈 감았다가 뜬 눈에 노숙인의 몸이 보였다. 하지만 머리는 없었다. 고목이 쓰러지듯 목이 없는 몸이 바닥에 나뒹굴었다. 빨간 피가 울컥울컥 쏟아졌다. 터널 기둥은 한 사람의 생명을 집어삼켰다.

준구는 그대로 정신을 잃었다.

6

처음 눈을 떴을 때, 시야는 좁고 혼탁했다. 몇 번이고 눈을 깜빡이려고 시도한 뒤에야 준구는 제대로 앞을 볼 수 있었다. 눈에 처음 들어온 건 하얀 천장에 붙은 등이었다. 등 옆쪽으로 누수 흔적이 누렇게 남아 있었다. 한 번 눈을 감았다가 뜰 때마다 그것이 구름처럼 보이기도 했다가, 여자의 옆모습처럼 보이기도 했다가, 하반신이 없는 마녀의 흉측한 모습으로 보이기도 했다. 알 수 없는 존재에게 빼앗긴 듯 텅 비어버린 머리에 정신이 돌아온 것은, 자신의 손을 잡는 누군가의 촉감 덕이었다.

"여보!"

아내의 목소리에 준구는 정신이 번뜩 들었다. 곧장 지혜 생각이 그를 덮쳤다. 준구는 상체를 튕기듯 들어 올렸다. 순간 눈앞이 휘돌았다. 형용할 수 없는 어지러움이 그를 옭아매고 있었다. 준구는 탄력 밴드로 묶인 사람처럼 침대로 다시 쓰러졌다.

"지혜는?"

간신히 목소리가 나왔다. 속이 울렁거렸다. 대답을 기다릴 새가 없다는 듯 아내의 얼굴을 훑었다. 아내는 생기를 잃은 얼굴을 하고 있었다. 눈두덩이가 빨갛게 부어 있었다. 준구의 물음에 뭔가 대답을 하려 몇 번이나 입술을 들썩이던 아내는 두 손으로 감싸 쥔 준구의 손에 기도하듯 얼굴을 묻었다. 그녀의 어깨가 떨렸다.

커다란 파문이 심장에 일었다. 준구는 온몸의 피가 씻겨 나가는 듯했다. 추위가 느껴지는 것도 같았다. 아내의 대답을 기다렸지만 곧 듣기가 무서워졌다. 뒤늦은 생각이 그를 움츠러들게 했다. 지혜를 돌려받았다면 아내가 자신의 옆에 있을 리가 없었다.

"안 돼…."

목소리가 떨려 나왔다. 숨을 쉴 수가 없었다.

“지혜는 무사합니다. 걱정하지 마세요.”

남자의 목소리는 준구를 장악한 어둠을 가르고 들어왔다. 준구는 놀라 크게 뜬 눈으로 소리가 들려온 쪽을 향해 고개를 돌렸다. 침대 발치 쪽에 남자 한 명이 서 있었다. 눈에 익은 얼굴이었다. 어디서 본 사람일까, 잠시 생각하고 나서야 깨달았다. 고집스러워 보이는 턱선, 날카로운 눈매, 넓은 어깨, 낡은 가죽점퍼. 최범례 형사였다.

“그만 우세요.”

최범례 형사는 숨 쉬기 어려울 정도로 우는 아내를 위로했다. 아내는 고개를 끄덕거리면서도 울음을 멈추지 못했다. 죽음 목전에서 깬 순간에도 지혜를 찾는 준구의 모습에 격한 감정을 숨길 수 없었다고 아내는 간신히 말했다. 그럼에도 준구는 상황이 이해되지 않았다.

“저희는 선생님을 쫓고 있었습니다. 물론 선생님이 마약 운반책이라고 잘못 판단했지만요.”

“그걸 어떻게…. 언제부터.”

“처음 절 만나셨던 사건 현장에서부터요.”

최범례 형사는 준구의 옆으로 가까이 다가와 철제 의자를 끌어당겨 앉았다. 그러고는 차분히 설명하기 시작했다.

물론 준구가 몇 번이고 지혜의 안전을 확인한 뒤였다.

"발작으로 인해 한 남자가 숨진 현장에서였죠. 그때 저는 선생님께 지하철표를 건네받았습니다. 기억하시죠?"

행선지 확인을 위한 절차였다. 준구는 고개를 끄덕거렸다.

"저는 마약 수사전담반 소속입니다. 지하철을 이용한 마약 거래가 암암리에 이뤄진다는 첩보를 받고 수사 중이었죠. 그래서 사고가 났을 때 혹여 마약상 간의 다툼으로 인한 살인일지도 모른다고 판단한 저희가 출동하게 된 겁니다. 그런데 거기서 중요한 단서를 발견했어요. 바로 선생님이 내미신 지하철표였습니다."

준구는 최범례 형사가 하는 말이 이해가 가지 않았다. 눈을 깜박이며 그의 다음 말을 기다렸다.

"지하철표에 묻어 있던 건 마약 가루였죠."

준구는 처음 최범례 형사를 만났던 순간을 떠올렸다. 그때는 자신의 주머니에 누군가 마약을 몰래 넣었을 거라고는 생각지도 못했다. 습관처럼 다방에서 챙긴 각설탕 가루라고 생각했었다. 아이러니하게도, 그것 때문에 준구는 살 수 있었다. 그리고 지혜를 구할 수 있었다. 하늘이 도왔다고 생각할 수밖에 없었다.

"저희는 곧바로 선생님의 뒤를 쫓았습니다. 그 자리에서 체포할 수는 없었죠. 일당을 잡아야 했으니까요. 종일 두문불출하다가 막차 시간이 되어서야 집을 나서는 선생님을 보고는 더욱 확신이 들었습니다. 선생님에게 들켜 따돌려진 것은 신임 형사의 큰 실수였습니다."

지하철역에서 봤던 대학생은 역시 사복 경찰이었다. 최범례는 신임 형사의 초보적인 실수에 대한 책임감으로 무거운 얼굴을 하며 살짝 고개를 숙였지만, 준구는 그때 만약 도움을 청했다면 어땠을까 하는 생각을 했다.

"선생님을 놓치자 현장에 있던 형사가 곧바로 대기조에 무전을 취했습니다. 선생님이 표를 끊은 종착지인 서울역사가 접선지라고 판단하고는 바로 출동했죠."

형사가 현장에 나갔을 때, 서울역 승차장에는 사람이 거의 없었다고 했다. 거기 있던 건 단 두 명, 40대 가량의 남자와 어린 여자아이, 지혜였다. 당시 형사들은 두 사람이 부녀일 거라 짐작했다고 한다. 어린아이가 있으니 마약 거래상의 공범으로는 보지 못한 것이다. 형사는 그들에게 작전 관계로 다른 교통을 이용해 달라고 부탁했다고 했다.

협조를 요청받은 남자는 살짝 곤혹스러운 표정을 보였는

데, 형사는 처음엔 막차를 못 타게 되어서라고 생각하고 넘겼다고 한다. 하지만 남자가 알겠다고 하면서 아이와 돌아가려는 순간, 형사의 눈에 무언가가 걸린 것이다. 겁에 잔뜩 질린 듯한 지혜의 눈, 벌벌 떨리는 손끝, 그리고 젖은 청바지. 형사의 코를 자극하는 지린내가 상황을 바꿨다.

"연락을 받고 개찰구에서 대기하던 다른 형사들이 두 사람을 불러 세웠습니다. 두 사람을 분리해 놓자 지혜가 비명을 내질렀습니다. 유괴가 확인됨과 동시에 그가 우리가 쫓던 마약상이라는 것이 드러나는 순간이었습니다."

형사들은 준구가 지혜를 볼모로 잡혀 이용당하고 있다는 것을 알아챘다. 유괴범을 체포하느라 시간을 허비한 그들은 곧장 승차장으로 갔지만 지하철은 이미 떠난 뒤였다. 형사들은 차를 멈추기 위해 지하철관리소로 뛰어갔다. 최범례 형사는 잠깐의 시간이었지만 이 불찰로 또다른 피해자가 생길까 조마조마했다고 덧붙였다. 준구를 살리려는 하늘의 움직임이 더 빨랐던 모양이라고도.

형사들이 관리소에 뛰어 들어갔을 때 당직 직원은 막 지하철 운전사에게 비상정지 연락을 받은 참이었다.

"선생님 말고도 다른 칸에 승객이 한 명 있었습니다. 취해서 구토를 했는데 다른 사람들이 타면 자신이 했다고 생각할까 봐 다른 칸으로 옮겨 갔다고 하네요. 옆 칸에는 선생님이 타고 있어서 그다음 칸으로 옮겨 갔는데, 큰 소리가 나서 통로 문에 난 창으로 엿보니 처참한 현장에서 기절해 있는 선생님을 발견한 겁니다."

준구는 어슬렁거리며 스쳐 지나가던 남자를 유괴범과 한 패라고 생각했었다. 그는 준구를 발견하고 곧장 차를 멈추도록 신고해 주었다고 했다.

"놈들은요?"

"협박범은 지혜 덕분에 현장에서 체포할 수 있었고, 선생님과 같은 차에 탔던 마약 구매자는…."

말끝을 흐리며 최범례는 고개를 낮게 저었다. 준구는 목이 잘린 채 피를 뿜던 놈의 몸뚱이를 떠올렸다.

준구는 목이 타는 것을 느끼며 말했다.

"지혜…."

"지혜는 다른 병실에서 안정을 취하고 있어요. 어머님이 옆에 계시니까 걱정하지 말아요."

아내는 준구의 손을 꾹 잡으며 말했다.

"지혜와 대화하시겠어요?"

최범례의 말에 준구가 고개를 들었다. 그 시선만으로도 대답이 되었는지 최범례는 허리춤에 찬 무전기를 꺼냈다. 그는 무전기 버튼을 누르며 상대와 몇 마디의 대화를 주고받더니 이내 준구에게 무전기를 내밀었다.

"불러보세요."

준구는 떨리는 손으로 무전기를 받았다. 지직거리는 소음이 들리는가 싶더니 맑은 목소리가 들려왔다.

"아빠!"

지혜였다. 가슴이 감정으로 빼근하게 차올랐다. 준구는 버튼을 누르며 무전기에 입을 가져갔다.

"지혜야."

뜨거운 눈물이 뺨을 타고 흘렀다.

다음 날, 준구가 겪은 일에 대한 기사가 신문에 도배됐다. 지하철 곳곳에는 창밖으로 머리나 팔을 내밀지 말라는 안내 문구가 붙었다. 이듬해인 1985년 4월에 개통된 4호선 열차에는 개폐가 가능하더라도 머리나 팔을 내밀 수 없는 반개 구조의 창이 설치됐다.

살煞

1

평일 대낮인데도 마트 안은 붐볐다. 출근한 남편과 학교에 간 아이들이 돌아오기 전에 장을 봐두려는 주부들이 가득했다. 생선 코너에서 타임세일을 알리는 방송이 나오자 많은 손님이 우르르 달려갔다. 선경은 무턱대고 덤벼드는 여자에게 어깨가 치여 두 걸음이나 물러서야 했다. 화가 났지만 흐트러진 스카프를 바로 하는 것으로 참았다. 괜히 이런 데서 목소리를 높여봐야 자기만 손해다.

선경은 생선 코너에서 멀리 떨어진 채소 코너로 향했다. 할인 가격이 붙은 상품이 저렴한 가격을 뽐냈지만 그쪽으로는 시선도 주지 않았다. 가장 신선한 파프리카를 사기 위해 선경은 이것저것 집어 들어 잘 살폈다. 저녁만큼은 대부분 채소와 단백질로 구성하려고 노력하고 있었다. 남편도 50대 중반을 넘어서면서 뱃살이 두드러졌다. 그게 보기 싫다는 건 아니지만, 썩 보기 좋지도 않았다. 잘 관리한 남자는 회사에서도 그만한 대우를 받는다는 게 선경의 생각이었다. 선경은 그런 '관리'야말로 자신이 해야 할 일이라고 느꼈다. 물론 건강한 식단은 아이들에게도 확실히 좋을 것이었다.

파프리카 세 개를 장바구니에 넣은 선경은 정육 코너로 향했다. 오늘은 기름기 없는 뒷다리 살을 살지 어제처럼 닭가슴살을 살지 고민이다. 뒷다리 살을 하나 집어 이리저리 살피는데 누군가 선경의 어깨를 툭 쳤다.

"수영이 엄마!"

뒤를 돌자 낯익은 얼굴이 보였다. 바로 위층에 사는 진주 엄마였다. 엄마들은 대부분 아이 이름으로 불리기 때문에 서로의 본명은 모른다. 진주 엄마 때문에 또다시 흐트러진 스카프를 올리며 선경이 부드럽게 화답했다.

"장 보러 왔어?"

"어."

"뭐 좀 샀어?"

"마트에 와보면 다 그렇지 뭐. 살 게 없어. 오늘은 또 뭐를 해 먹나 싶지. 우리 진주는 삼겹살 먹고 싶다고 노래를 부르던데 가격이 장난 아니네. 걘 맨날 고기, 고기 노래를 불러. 지겹지도 않나?"

선경은 고등학교 2학년인 진주의 모습을 떠올렸다. 그 몸이라면 가뿐히 고도 비만 축에 들 거라고 생각했다. 왜 진주 엄마는 아이들을 그렇게 방치하면서 키우는지 선경은 이해가 잘 가지 않았다. 완벽한 몸매에 예쁘장한 얼굴을 한 자신의 두 딸을 떠올리면서, 선경은 뿌듯한 미소를 지었다.

"한창 클 나이니까."

선경은 보란 듯이 닭 가슴살을 집어 들었다. 그러고 보면 그녀의 두 딸인 수영과 민영은 한 번도 반찬 투정을 한 적이 없었다. 수영은 직업 정신이 투철해 자기 관리를 완벽히 하는 편이고, 민영은 그런 언니를 뒤따르려고 하는 것 같았다.

"그 집은 진짜 좋겠어."

"뭐가?"

선경은 짐짓 모르는 척 소스 코너를 향해 앞서 걸었다. 진주 엄마가 허겁지겁 삼겹살을 카트에 넣고 따라왔다. 선경은 삼겹살에 허옇게 들러붙은 비계에서 눈을 돌렸다.

"남편은 대기업 상무지, 큰딸은 그렇게나 합격하기 어렵다는 스튜어디스지. 작은딸도 착하잖아, 성실하고."

미소 짓던 선경은 입을 다물었다. 좋게 나가다가 갑자기 작은딸 이야기를 꼭 집어넣는 것은 진주 엄마의 심술일 게 분명했다. 작은딸인 민영은 가까스로 '인서울'은 했지만 일명 '스카이'라 불리는 대학들에는 지원서도 넣어보지 못했다. 매 학기 장학금을 타오긴 하나 선경은 '그 정도' 학교에서 '그게' 자랑스러울 일이라고는 생각하지 않았다. 그렇다고 해서 민영을 미워하지는 않는다. 선경은 두 딸을 충분히 사랑하고 있다. 민영이 '좋은' 학교에 다니고 있진 못해도 취업만은 떳떳한 곳에 할 수 있을 거라고 믿고 있었다. 지금 기분이 나쁜 건 진주 엄마 때문이었다. 일부러 남편과 수영이 칭찬을 한 끝에 착하다느니 하는 속이 훤히 보이는 말로 민영을 언급한 것이다. 진주 엄마는 자신의 부족함으로 인해 생긴 격차를 부러워하다 못해 선경의 속을 긁을 거리를 찾은 것이 분명했다.

"뭘. 진주도 건강하잖아. 건강이 최고지."

진주 엄마의 얼굴이 굳었다. 선경은 제대로 한 방 먹여준 기분이 들었다.

“근데 요즘 수영이 출근하는 걸 못 봤네?”

진주 엄마의 말에 선경의 걸음이 멈췄다. 조금 전의 진주 엄마처럼 자기 표정도 굳는 게 느껴졌다. 선경은 진주 엄마 눈에 띄지 않도록 숨을 크게 들이쉬었다가 이마에 진 주름을 펴고 싱긋 웃으며 돌아봤다.

“스튜어디스가 좀 힘든 일이야? 비행시간을 채우면 장기 휴가를 주는 제도가 회사에 있대. 그래서 좀 쉬고 있어, 1년 정도.”

“그래? 그럼 바깥에 좀 나와서 놀고 그래야 할 텐데, 영 눈에 안 띄어서.”

“애가 책을 너무 좋아해서. 한동안은 집에서 책 좀 실컷 읽고 싶은가 봐. 그럼 난 샐러드 소스를 사야 해서.”

선경은 진주 엄마가 더 붙잡을까 싶어 빠르게 말한 뒤 몸을 돌렸다. 다행히 진주 엄마는 뒤를 따라오거나 하진 않았다. 그래도 선경은 자신의 뒤통수를 누군가가 당기는 기분이 들었다. 진주 엄마가 자신을 비웃고 있지는 않을까 하는 생각에 뒤를 돌아보고 싶었지만, 애써 그러지 않기로 했다. 진주 엄마가 수영의 상황을 알 리가 없다.

수영은 벌써 한 달째 원인 모를 열병에 시달리고 있다. 목이 아프다며 음식도 잘 삼키지 못했다. 당연히 출근도 할 수 없었다. 처음엔 휴가를 냈지만 점점 심해지는 통에 지금은 휴직계를 낸 상태다. 물론 병원도 여러 군데를 가봤지만 이유를 찾을 수 없었다. 해열제를 포함한 어떤 약도 도통 듣지 않았다. 수영은 머리도 깨질 듯이 아프다고 했다. 일어나면 너무 어지러워서 부축 없이는 걸을 수 없는 정도가 됐다.

"우울증일 수 있습니다."

지난주에 다녀온 신경과에서 그런 말을 들었을 때 선경은 얼마나 불쾌했는지 모른다. 수영은 평소 밝은 아이였다. 어렸을 때부터 자신감이 남달랐다. 자기 일은 어떻게든 스스로 해결하는 아이였다. 수영은 친구들 사이에 인기도 많았다. 수영을 따르는 후배도, 수영을 좋아하는 선배도 많았다. 그랬던 수영에게 우울증이란 말은 어울리지 않았다. 의사들은 늘 그런 식이었다. 자기네 실력이 부족해 병명을 알아낼 수 없을 때는 늘 스트레스성이라거나 우울증이라는 이름을 붙였다. 선경은 수영이 정신과에 드나들 것만 생각해도 가슴이 답답해질 지경이었다.

선경은 계산대로 향하기 전 마지막으로 퍼 먹는 아이스

크림 통을 집었다. 이비인후과에서 목이 붓지 않았다고 했는데도 수영은 음식을 잘 삼키지 못했다. 그런 수영이 오랜만에 먹고 싶다고 한 게 아이스크림이었다. 계산을 마친 선경은 재빨리 집으로 향했다. 일단 수영에게 아이스크림을 먹이고, 다른 병원에 더 가보자고 설득할 참이었다. 언제까지고 침대에 누워 괴로워하게 둘 수만은 없는 노릇이었다.

집 안은 적막했다. 아직 민영도 남편도 돌아오지 않았을 시간이었다. 선경은 수영의 방을 노크했다. 들릴락 말락 한 목소리로 수영이 대답했다.

"어…."

선경은 수영이 아무리 아파 누워만 있다고 하더라도 노크하는 것을 잊지 않았다. 항상 수영에게 웃는 얼굴로 대하려 애쓰며, 한층 느긋한 태도와 정돈된 모습을 보여줬다. 선경은 그것이 수영을 조금이나마 안심시키는 일이라 여겼다.

"아이스크림 사 왔어. 먹을래?"

수영이 고개를 끄덕였다. 선경은 한 달 새 몰라보게 말라버린 큰딸의 등을 받쳐주며 바로 앉도록 도왔다. 수영의 툭 튀어나온 척추뼈가 팔을 찔러 아팠지만 선경은 내색하지 않았다. 그러고는 얼른 주방에서 유리 볼에 아이스크림을 퍼 담아 왔다. 수영이 천천히 아이스크림을 먹기 시작했다. 가끔 목에 걸리는지 캑캑대기도 했지만, 선경이 퍼준 만큼은 다 먹을 생각인 듯 그릇을 놓지 않았다.

그 모습을 보면서 선경은 생각했다.

수영이만 아프지 않았으면 우리 집은 더없이 완벽했을 텐데.

2

"자, 빨리 손 씻고 오세요."

선경이 주방 타월에 젖은 손을 닦으면서 외치자, 알았다는 남편과 "응" 하는 애교 섞인 민영의 목소리가 들려왔다. 수영의 닫힌 방에서는 아무 소리도 나지 않았다. 주방 타월을 전용 걸이에 걸어놓고 선경은 수영의 방으로 향했다.

문을 살짝 열었다. 짙은 어둠과 시큼한 냄새가 훅 끼쳤다. 선경이 매일같이 욕실로 데리고 가 씻기긴 하지만, 워낙에 토하는 일이 잦다 보니 냄새가 가시지 않는 듯했다. 수영은 모로 누워 웅크린 채 잠에 빠져 있었다. 잠에서 깨면 아프고, 잠들면 아무것도 먹지 못한다. 이 노릇을 어떻게 해야 할까. 선경은 주저앉고만 싶었다. 수도권에서 이름난 병원이라면 이제 안 가본 데가 없을 정도였다.

주방의 인기척에 선경은 수영의 방문을 닫고 나왔다. 이미 식탁에 남편과 민영이 앉아 있었다. 민영은 선경을 보기가 무섭게 입을 비쭉 내밀고 말했다.

"내가 소야? 식탁에 맨날 풀만 있게."

샐러드에 고구마, 닭 가슴살과 파프리카로 채워진 식탁을 보며 하는 얘기였다. 선경이 눈을 흘기며 대꾸했다.

"이제 너도 관리해야지. 언니처럼 스튜어디스 되고 싶다고 한 사람이 누구더라?"

"칫, 그런 말 괜히 했어."

"건강식이야. 먹어."

선경이 단호히 말하자 민영은 장난스레 발로 바닥을 쿵굴렀다. 문득 남편이 물었다.

"수영이는?"

식사하러 나오지 않은 것만 봐도 알 수 있을 텐데, 꼭 저렇게 묻고 싶을까. 선경은 식사 자리에서만이라도 온전히 밝은 시간을 갖고 싶었다. 그걸 알고서 민영이도 일부러 태연하게 군다는 걸, 저 사람은 모르는 걸까?

"자고 있어."

"병원에 데려가 봐야 하는 거 아니야?"

남편은 수저도 들지 않고 있었다.

"안 간 병원이 어딨어."

선경은 포크로 샐러드를 민영의 앞접시에 덜어주며 말했다. 남편은 그런 선경을 한참이나 쳐다보더니 입을 뗐다.

"정신과 말이야."

그 소리를 듣자마자 선경이 포크를 탁, 내려놓았다. 그러고는 목소리를 낮춰 말했다.

"우리 수영이가 정신병이었으면 좋겠어?"

"뭐? 그런 말이 아니잖아."

옆에서는 민영이 조용히 숟가락을 내려놓았다. 선경은 눈을 꾹 감았다가 천천히 뜨며 나직이 말했다.

"그런 말도 안 되는 소리에 현혹되지 마. 애가 오랫동안 비행하다 보니 지쳐서 그래. 내가 다른 병원 알아볼 테니까 그런 소리 마."

남편은 긴 한숨을 내쉰 뒤 자리에서 일어나 안방으로 들어가 버렸다. 늘 이런 식이었다. 선경과 남편은 가치관이 맞지 않을 때가 많았다. 그래서 둘의 대화는 꼭 이렇게 끝을

맺었다. 싸우려면 충분히 싸울 수야 있지만, 선경은 늘 큰소리 나기 전에 그의 입을 막아버렸다.

이 아파트는 방음이 좋지 않다.

다음 날 선경은 출근하는 남편을 주차장까지 배웅했다. 밤새 남편은 등을 돌린 채 한마디도 하지 않았지만 아침 식사는 꼬박 남기지 않고 챙겨 먹었다. 선경은 자기 뜻을 남편이 모르는 것도 아닐 테니, 어제 일은 이렇게 넘어가는 것이라 여겼다. 남편의 서류 가방을 내밀며 선경이 말했다.

"잘 다녀와."

"응."

남편은 선경이 내미는 가방을 들고 운전석에 올랐다. 벨트를 맨 다음 곧장 시동을 걸었다. 차 꽁무니가 아파트 정문을 빠져나가는 것까지 본 뒤에야 선경은 엘리베이터 쪽으로 향했다.

"오늘도 아주 보기 좋네요."

같은 동에 사는 여자였다. 이름은 기억나지 않지만 오면 가면 인사하던 사이였다. 여자는 아주 젊어 보였다. 선경보다 열 살은 더 어릴 것 같았다. 선경은 네 살 된 아들을 어린

이집 셔틀버스에 태우는 그녀와 자주 마주쳤었다. 그때마다 여자는 선경 부부를 무척 부러워하는 눈치였다. 그게 내심 싫지는 않았다.

"뭘요. 출근길에 인사해 주는 것뿐인데요."

둘은 나란히 걸어 엘리베이터를 탔다. 여자는 4층을 누르고 선경은 18층을 눌렀다.

"저도 전망 좋은 데에 좀 살고 싶어요. 4층은 너무 낮아."

여자의 말에 선경은 부드럽게 웃었다. 같은 아파트의 같은 동이라 할지라도 4층과 18층은 가격대부터 달랐다. 적어도 몇천만 원은 차이가 날 터였다.

"잠시만요."

문이 닫히려는 찰나, 진회색 후드를 뒤집어쓴 남자가 엘리베이터에 올라탔다. 본 적 없는 사람이긴 했지만 아파트에 살면 종종 일어나는 일이었다. 선경은 한 걸음 물러나 남자가 설 자리를 마련해 줬다.

남자는 아무 버튼도 누르지 않았다. 4층에서 내릴 건가. 18층은 아닐 텐데. 다른 층은 몰라도 선경은 옆집에 누가 살고 있는지 확실히 알고 있었다. 옆집 사람들은 젊은 부부로 이 시간에는 집을 비운다. 선경과 다르게 4층 여자는 그에게 눈짓조차 주지 않고 있었다.

이윽고 4층에서 엘리베이터가 멈추고 문이 열렸다.

"들어가세요."

4층 여자가 인사를 하며 내렸다. 후드 티를 입은 남자는 한 걸음 뒤로 크게 물러섰다. 그는 선경의 대각선 뒤에 서 있었다. 4층에서 내리지 않는다면 자신과 같은 층에서 내리는 것이다. 티는 내지 않았지만 선경은 그가 잔뜩 신경 쓰였다. 그렇다고 왜 18층에 가냐고 물어볼 수도 없었다.

"그 집에 아픈 사람 있죠?"

"네?"

선경은 경계를 늦추지 않으며 되물었다. 남자는 뒤집어쓰고 있던 후드를 벗었다. 그러곤 인사라도 하듯 선경 쪽으로 얼굴을 돌렸다. 하얀 피부와 검고 깊어 보이는 눈. 날카로운 눈매. 뭘 칠한 것 같지는 않은데 입술이 빨갰다. 입술 위에는 점이 있었지만 눈에 거슬리는 정도로 크지는 않았다. 오히려 이목구비의 균형을 더 잘 잡아주듯 보였다. 전체적으로 잘생겼다는 인상을 주는 얼굴이었다.

"집에 아픈 사람 없어요? 통 먹지도 못하고 고열에 시달린다든지, 걸핏하면 토하고, 혈뇨도 보고. 어느 병원에 가도 이상이 없다고만 나오죠?"

"…."

남자는 주머니에서 명함을 꺼내 내밀었다.

검은색 명함에는 금박으로 '월하도령'이라는 글자와 휴대폰 번호가 적혀 있었다. 선경은 자기도 모르게 하, 하고 웃었다.

"저기요. 저 이런 거 안 믿거든요?"

"사람 죽이고 싶어요?"

"뭐요?"

"그러다 두 달도 못 넘겨요. 데리고 올 필요는 없어요. 머리카락 뽑아서 가지고 와요. 물론 죽기 전에."

남자는 엘리베이터 상단에 붙은 패널을 확인했다. 10층에 도달해 있었다. 재빨리 11층을 누른 남자는 엘리베이터가 멈추자 도로 후드를 뒤집어쓰며 내렸다. 순간, 몸을 홱 돌린 남자가 선경을 마주 봤다. 그는 문이 닫히는 사이에 말했다.

"안 가지고 와도 상관없어요. 그 사람이 죽길 바란다면."

3

별 이상한 사람을 다 봤다.

처음 선경의 생각은 그랬다. 기껏해야 수영이 또래밖에 되지 않아 보이던데, 보살이라니…. 요즘 젊은 사람 중에 신내림을 받았다는 사람이 많다는 건 알고 있었지만 이런 영업 방식을 쓴다는 게 황당하기도 했다. 문득 어린 시절 들었던 이야기도 생각났다. 누가 빨래터에서 빨래를 하고 있는데, 갑자기 지팡이를 쥔 하얀 수염의 노인이 나타나 이런 말을 던지더라는 거였다.

"그 집에 우환이 들었구먼."

그렇게 시작되는 이야기들. 세상에 우환 없는 가정이 어디 있을까? 여름에는 물을 조심해야 하고 겨울에는 감기를 조심해야 한다는 말처럼 뻔한 허풍임에 틀림없었다. 하지만 시간이 지날수록 선경은 이번 일이 심상치 않다고 생각하게 됐다. 월하도령이라는 그 이상한 남자는 수영의 증상을 정확히 알고 있지 않았나. 우환이라는 어중된 말로 현혹하는 것이 아니라 명확히 수영의 병증을 묘사하고 있었다. 병원에서는 이상이 없다고 한 사실까지도.

잠시 흔들리던 선경은 고개를 저으며 집에 들어가자마자 거실 쓰레기통에 남자의 명함을 던져 넣었다. 지금은 21세기다. 무인으로 음식을 배달하는 로봇이라든지 운전자 없이 도로를 주행하는 차가 나올 거라는 뉴스가 시도 때도 없이 방송을 타는 시대다. 저런 식의 현혹에 넘어가서야 이 임선경이 아니다. 선경은 종교나 민간요법 같은 것들에 의지하는 나약한 사람이 되고 싶지 않았고, 나태한 엄마가 되고 싶지도 않았다. 무엇보다 그런 데 들락거리다가는 동네에 이상한 소문이 퍼질 게 뻔했다.

선경은 생각을 떨쳐 내듯 머리를 흔들고는 수영의 방을 노크했다. 흘러나오는 가느다란 대답을 겨우 듣고서야 방문을 열었다.

"딸, 아침 좀 먹어야지."

수영은 모로 누워 있었다. 얼굴이 보이지 않았다.

"요구르트라도 한술 뜰래?"

요구르트는 수영이 좋아하는 음식이다. 새벽 비행이 잡혀 아침을 간단히 먹어야 하는 날이면 그릭 요구르트에 무화과를 썰어 넣어 먹는 걸 좋아했다. 무화과 철이 아닐 때는 블루베리를 대신 넣는 한이 있어도 요구르트는 늘 냉장고 한 편을 차지하고 있었다.

하지만 이번에도 수영은 고개를 저었다. 그냥 엄마가 나가줬으면 좋겠다고 생각하는 것 같았다. 하지만 오늘은 나눌 이야기가 있었다.

"수영아, 엄마랑 잠깐 얘기 좀 하자."

선경은 수영의 어깨를 감싸안고 일으키려 했다. 축 늘어진 몸의 무게가 그대로 팔에 전해졌다. 그런데도 별로 무겁지 않았다. 이제 45킬로그램 되려나. 어쩌면 그보다 훨씬 덜 나갈지도 모른다.

수영은 선경의 부축을 받아 겨우 침대 머리맡에 기대 앉았다. 이제 수영의 표정은 거의 없는 수준이었다. 모든 것에 지쳐 있는 듯했다. 입술이 허옇게 갈라지고 얼굴에는 열꽃이 폈다. 듣지 않는 두통약 때문에 미간을 계속 구기고 있다. 어릴 때부터 자랑이었던 딸이 어쩌다 이렇게 됐는지 선경은 도무지 알 수가 없었다.

“엄마랑 지방 병원에 좀 다녀보자. 종합병원으로 말이야. 엄마가 인터넷 검색해 봤는데 서울 대형 병원에서도 못 찾은 병을 지방 병원에서 치료한 사례도 많다더라.”

수영이 후, 하고 지친 한숨을 쉬었다.

“엄마, 나….”

말을 꺼내며 고개를 들던 수영이 갑자기 퀭한 눈을 부릅떴다. 수영은 몸을 부르르 떨며 손가락으로 선경의 어깨를 가리켰다.

“엄마, 그거 뭐야! 아아아아악!”

수영은 앉은 채로 뒷걸음질 쳤다. 벽에 가로막혔는데도 발질을 멈추지 않았다. 선경은 당황스러워 수영의 어깨를 잡았다.

“무슨 소리야? 대체 뭘 보고 하는 소리야?”

“아아악! 저리 가! 아아악!”

수영은 비명만 질러댔다. 머리를 놀라울 만치 빠른 속도로 젓고 선경과 눈을 마주치려 하지 않았다. 그러던 수영의 몸이 축 처졌다. 기절한 것 같았다. 늘어진 수영의 몸을 붙든 선경은 어찌할 바를 몰랐다. 혹시 수영이 착각할 만한 다른 물건이 있는지 방을 둘러봤지만 그런 건 없었다. 선경은 수영을 꼭 안았다. 두려움이 신경 줄을 타고 치달았다. 그럴수록 수영을 안은 팔에 힘이 들어갔다.

'우리 수영이가 정신병일 리 없어.'

저녁이 됐다. 남편이 돌아오자마자 선경은 남편을 수영의 방에 들어가게 했다. 사정을 모르는 남편은 어리둥절한 표정을 지으면서도 수영의 상태를 보기 위해 안으로 들어갔다. 선경은 차마 따라 들어가지도 못하고 밖에서 안절부절못했다. 그리고 잠시 후, 비명이 들려왔다.

"수영아! 왜 이래, 수영아!"

"저리 가! 저리 가!"

"여보, 여보!"

남편의 목소리가 다급히 그녀를 불렀다. 선경은 수영의 방으로 뛰어 들어갔다. 방 한가운데에 남편이 수영을 안은 채 앉아 있고, 수영의 한쪽 팔이 땅바닥에 길게 늘어져 있었다. 희고 가녀린 팔목에서 피가 솟구치고 있었다.

"빨리, 빨리 119!"

남편이 수영의 팔에 손수건을 대고 지혈하는 동안 선경은 정신없이 119에 신고했다. 병원으로 옮겨진 수영은 응급수술을 받았다. 남편의 요청으로 안정제도 투여됐다. 남편과 선경은 한껏 전쟁을 치른 사람들처럼 보호자 의자에 맥없이 앉았다.

"이런데도 정신과에 안 보내겠다고 할래?"

비난하는 투로 남편이 언성을 높였다. 그러나 선경은 남편의 비난에 분노로 맞받아치지 않았다. 대신 다른 생각에 빠져 있었다.

"듣고 있어?"

남편이 말을 재촉하는 와중에 선경은 자리에서 벌떡 일어났다. 그러고는 재빨리 병실을 벗어났다. 뒤에서 자신의 이름을 부르는 남편의 목소리가 들렸지만 선경은 멈춰 서지 않았다.

선경은 병원 밖으로 뛰어나오자마자 택시를 타고 집으로 향했다. 집에는 민영이 와 있었다.

"엄마, 안 그래도 지금 전화해 보려고 했어. 언니는? 아빠는?"

선경은 대답할 새가 없었다. 재빨리 거실 쓰레기통을 뒤엎고, 쏟아진 쓰레기를 손으로 헤집었다.

"뭐 하는 거야! 언니한테 무슨 일 있어?"

이번에도 역시 대답하지 않았다. 선경의 머릿속에는 오로지 하나의 생각뿐이었다. 이윽고 쓰레기 더미에서 검은색 명함이 튀어나왔다. 금박으로 글씨를 새긴 월하도령의 명함이었다. 선경은 다급히 주머니를 뒤져 휴대폰을 켰다. 그러고는 떨리는 손으로 전화번호를 눌렀다. 몇 번이나 다른 번호를 누르는 바람에 통화 버튼을 누르기까지 한참이 걸렸다. 신호가 흐르고 잠시 뒤, 상대가 전화를 받았다.

결국 일이 터진 뒤에야 정신을 차리지. 쯧쯧.

그는 선경이 전화할 줄 이미 알고 있었다.

4

단 한마디를 끝으로 월하도령은 전화를 끊어버렸다. 선경은 전화가 끊어진 것도 모르고 있다가 들리는 신호음에 크게 당황했다. 뭔가가 잘못 눌렸나, 싶어 휴대폰을 다시 확인하는데, 문자 메시지가 왔다. 약도와 주소만 나와 있을 뿐 별다른 내용은 없었다. 찾아와서 말로 하라는 이야기나 다름없었다.

선경은 그날 밤을 뜬눈으로 지새웠다. 그 도령이라는 자에게 속고 있는 것은 아닐까? 동네에 소문이 나서 우스워지는 것은 아닐까? 이 아파트는 세대수가 적은 만큼 전출도 많지 않다. 오래 사는 사람이 많다는 뜻이다. 그러니 소문도

순식간에 돌았다. 혹여 누군가 선경이 무당집으로 들어가는 걸 보게 되면 2시간도 지나지 않아 남편 귀에 들어갈 터였다.

이런저런 생각으로 골머리를 앓던 선경은 문득 모든 것이 우스워졌다. 자식이 죽기 직전인데 그따위 생각이나 하는 자신이 한심스러웠다. 모든 건 수영이를 살리기 위해서다. 썩어버린 동아줄이라도 매달려 봐야만 한다.

아침이 되자마자 선경은 수영의 병실에 들렀다. 수영은 어제보다는 훨씬 안정되어 있었고, 약기운에 취해 잠들어 있지도 않았다. 다만 선경을 쳐다보진 않았다. 수영은 몸을 모로 누인 채 창밖만 바라봤다.

"수영아, 괜찮니?"

수영은 대답하지 않았다. 대신 고개를 끄덕거렸다. 수영의 머리카락을 얻는 건 어렵지 않았다. 수영이 베개 끄트머리를 베고 있던 덕분에, 떨어진 머리카락을 몇 개나 주울 수 있었다. 선경이 가지고 온 지퍼백에 머리카락을 넣고 있는데 남편이 들어왔다. 선경은 재빨리 지퍼백을 주머니에 숨겼다.

"왔어?"

남편의 목소리는 무거웠다. 그 밑바닥엔 선경을 향한 불신이 도사리고 있었다. 이어 남편이 말했다.

"오늘 수영이 정신과 협력 진료 넣었어."

"…알았어."

선경은 마지못해 대답했다. 어제 일을 떠올리면 더 막을 명분도 없었다. 어제의 수영은 정말로 정신이 나간 사람 같았으니까. 정신과 진단 결과는 뻔하다. 우울증 아니면 조현병. 수영은 평생토록 약을 먹을 것이며 죽는 순간까지 '정상적인' 삶을 살지 못할 것이다. 선경의 엄마처럼 말이다.

"당신, 오늘 휴가야?"

선경의 물음에 남편이 고개를 끄덕였다.

"오늘은 수영이 옆에서 하루 있으려고."

"그럼 나 잠깐 어디 좀 다녀올게."

남편은 이맛살을 구겼다.

"어디를?"

"오래 걸리지 않아. 1~2시간이면 될 거야."

남편의 대답을 듣기도 전에 선경은 수영에게로 허리를 구부렸다.

"엄마 볼일 보고 올게. 수영이 푹 쉬고 있어. 알았지?"

수영은 고개를 끄덕이는 대신 눈을 감았다. 대답을 들은 셈 친 선경이 몸을 세우고 남편에게 눈인사했다. 남편이 혀를 차는 걸 무시하고 병실을 나갔다.

선경은 택시를 탔다. 주소를 부르자, 운전사가 내비게이션에 입력하고는 곧장 출발했다.

"목적지에 도착하였습니다."

기계 음성에 고개를 드니 글자 없이 연꽃이 그려진 간판이 보였다. 그 옆으로 빨간색과 파란색의 깃발이 펄럭이고 있었다. 택시 운전사가 룸 미러를 통해 이쪽을 응시하는 것을 느낀 선경은, 민망함에 재빨리 지갑에서 만 원짜리 두 장을 꺼내 건넸다.

"잔돈은 됐어요."

간판이 없었더라면 일반 주택으로 보일 법한 건물이었다. 선경은 잠기지 않은 대문을 조심히 열었다. 마당 정중앙에는 붕어를 키우는 연못이 있었고, 마당 둘레엔 잘 가꿔진 화단이 있었다. 스산할 거라고만 예상했던 선경에게는 의외의 풍경이었다.

"계신가요?"

그렇게 인사말을 하며 현관문을 여는 순간, 선경은 당황했다. 거실로 보이는 곳에 많은 사람이 앉아 순번을 기다리고 있었다. 신발을 벗고 들어간 선경에게 50대 정도로 보이는 여자가 다가왔다. 풍성한 머리를 단정하게 올려 묶은 쪽머리가 인상적이었다.

"어떻게 오셨습니까?"

"저…."

선경은 뭐라고 대답해야 할지 몰라 주머니에서 월하도령의 명함을 꺼냈다. 명함을 본 여자는 아무 말 없이 거실의 빈 의자를 가리켰다. 분위기에 압도된 선경은 주춤주춤 자리에 가서 앉았다. 선경은 자신의 이름과 용건을 알리지 않은 것을 뒤늦게 깨달았다. 하지만 이는 쓸데없는 걱정이었다. 여자는 이곳에 온 사람들의 순서를 모두 기억하는 것 같았다. 이상할 정도로 침착하고 단호한 행동거지가 마치 그들의 용건도 꿰뚫어 보고 있는 것 같았다. 50분쯤 지나자 여자가 선경 앞에 다가와 섰다.

"들어가시죠."

여자는 선경을 안쪽 방으로 안내했다. 여자는 닫힌 문을 짧게 두 번 노크하더니 대답이 들리기도 전에 열었다. 여자는 선경을 안쪽으로 들인 다음 방 밖으로 물러났다.

방에는 신당이 차려져 있었다. 한복을 입은 남성이 방 중앙에 오롯이 앉아 있었다. 선경은 어찌해야 할지 물어보고 싶어 여자를 바라봤지만, 여자는 침묵과 함께 문을 닫았다. 선경은 머뭇거리며 주변을 살폈다. 신당 앞에는 방석이 하나 놓여 있었는데, 손님이 앉아 점사를 듣는 자리인 것 같았다. 선경은 주춤주춤 방석으로 향했다. 월하도령이라는 자는 선경을 쳐다보지도 않고 말했다.

"빨리도 왔구먼."

이윽고 고개를 든 월하도령이 선경의 얼굴을 보며 씨익 웃었다. 그 웃음의 의미를 알 수 없었다. 그는 지난번에 봤을 때보다 훨씬 나이 들어 보였다. 옷차림과 머리 모양이 달라 그렇게 여겨진지도 몰랐다. 그는 한복을 입었고 머리는 전부 뒤로 넘긴 상태였다. 상 하나를 사이에 두고 두 사람은 마주하게 됐다.

"머리카락은?"

선경이 주머니 안에서 지퍼백을 꺼냈다. 안에는 수영의 긴 머리카락 여러 가닥이 거미줄처럼 얽혀 있었다. 월하도령은 머리카락을 받아 상 위에 올렸다. 그런 다음 옆에 있는 항아리에서 쌀 한 줌을 꺼내 그 위에 뿌렸다. 그는 손바닥을 펼쳐 쌀 위를 훑기도 하고 머리카락 몇 가닥을 손끝으로 쳐

보기도 했다. 선경은 어쩐지 숨도 쉬지 못한 채 잠자코 보고 있기만 했다. 이내 월하도령이 큰 한숨을 내쉬었다.

"딸이 아주 잘났어."

선경이 가만히 응시하는 것으로 그의 다음 말을 기다렸다.

"머리가 영리해 좋은 직업을 가졌을 테고, 얼굴이 예뻐 인기가 끊이지 않겠구먼. 일을 잘해서 인정을 받았고 심성이 고와 효녀라고 소문이 났네."

모두 맞는 말이었다. 그랬던 딸이 갑자기 저런 환자가 돼버린 거다. 상을 보며 점괘를 읽던 월하도령이 고개를 번뜩 들며 물었다.

"좋아?"

"네?"

"그렇게 잘나서 좋냐고. 이건 그렇게 잘났기 때문이야. 아주 악한 부적을 썼어. 숨을 쉬면 심장을 찌르고 온몸의 기운을 빼앗아 갈 거야. 모든 의욕이 없어지겠지. 살고 싶은 의욕마저."

선경은 어제 일을 떠올리며 몸을 떨었다. 딸이 자신의 팔목을 칼로 그었다. 그 장면이 선연히 떠올라, 선경은 자신도 모르게 눈을 질끈 감았다.

"너무 잘나서야. 그래서 그렇게 미움을 받는 거야. 그것도 이렇게 강한 거라면 친구도, 먼 친척도 아니야. 혈연관계. 그것도 부모, 형제자매. 그중에 있어. 이 아이의 물건을 가지고 있을 거야. 살을 날리려면 그 아이의 물건이 필요하거든. 그걸 찾아 없애야 해."

선경은 머릿속이 혼란스러웠다. 월하도령의 말이 잘 이해되지 않았다.

"네?"

"당신 딸한테 살을 날렸다고. 당신 가족 중의 한 사람이."

5

믿을 수 없었다. 선경의 가족은 완벽했다. 남편은 평범한 남자처럼 무뚝뚝하지만 딸들을 사랑하고 책임감이 있다. 수영은 아프기 전만 해도 자랑스러운 딸이었다. 그렇게 어렵다는 스튜어디스 시험을 단번에 붙었고, 영어는 물론 중국어까지 능통해 빠른 속도로 승진했다. 잘나간다는 어느 아이돌과 스포츠 선수가 연락처를 물은 적도 있다고 했다. 하지만 수영은 자기 일을 너무 사랑할 뿐인 아이라, 연락처를 주지 않았다고 했다. 비행을 떠나거나 집에 돌아올 때, 승무원복을 입고 당당히 걸어오는 모습에 동네 사람들이 부러워하는 눈빛을 보낸 게 한두 번이 아니었다.

민영 역시 그런 언니를 자랑스러워했다. 친구들을 집에 초대했을 때 수영이 집에 있으면 항상 자신의 언니를 소개하며 어깨를 으쓱거렸다. 친구들은 '너네 언니 예쁘다'며 칭찬을 아끼지 않았다.

수영만큼은 아니지만 민영도 제 앞가림을 잘하는 편이다. 고등학교 2학년에 올라가면서 성적이 좀 떨어지긴 했어도, 매일같이 학원과 독서실을 다니며 악바리처럼 공부해 인서울에 성공했다. 민영은 언니처럼 스튜어디스가 되는 것이 꿈이다.

점집에서 나온 선경은 택시 잡는 것을 잊고 집을 향해 걸으면서 계속 고개를 저었다. 아무리 생각해도 여기 온 건 괜한 짓이었다. 자기 가족에게 살을 날리는 집이 세상천지에 어디 있단 말인가. 말도 안 되는 소리였다. 역시 처음부터 저런 무당은 믿는 게 아니었다.

머릿속으로는 계속 부인했지만, 마음 한편에 이상한 덩어리가 걸려 있는 것을 선경은 느끼고 있었다. 손님이 저렇게 많은데 무당이 직접 나서서 명함을 돌릴 필요는 없을 것 같았다. 무당은 선경의 얼굴을 기억하고 있었다. 무작위로 고른 아무나에게 집안의 우환을 들먹이며 홍보하는 거라면 그가 선경의 얼굴을 기억할 리 없다. 게다가 저 사람은, 굿을 하라고 종용하기는커녕 복채조차 받지 않았다.

선경의 마음이 자꾸만 기울어 갔다. 어차피 병원에서는 아무런 방도도 찾지 못하고 있었다. 아무것도 못 하고 있는 바에야 저런 사람을 한번 믿어보는 것도 나쁠 건 없지 않을까. 처음엔 월하도령의 말이 얼토당토않다고 단정 지었지만, 선경은 점점 '정말 가족 중 누군가가 우리 수영이에게 살을 날린 걸까?' 하는 생각이 들었다.

선경의 걸음이 멈췄다.

민영이.

민영은 언니를 자랑스러워했다. 아니, 자랑스러워하는 걸 넘어 부러워했다. 언니의 길을 따라가고 싶었던 건지 언니를 제치고 싶었던 건지 다시 생각하면 모호했다. 언니가 예쁘다는 사람들 말을 들으면서 민영은 무슨 생각을 했을까. 언니를 진심으로, 단 한 번이라도 미워한 적은 없었을까? 수영은 비행에 다녀오면 면세점에서 가끔 식구들 선물을 사 왔다. 민영은 또래 학생들이 써보지도 못할 값비싼 명품 스킨케어 세트를 받기도 했다. 한데 돌이켜 보니 선경은 민영이 그 화장품을 쓰는 모습을 단 한 번도 보지 못한 것 같았다.

"택시!"

선경은 택시를 잡아타고 곧장 집으로 갔다. 성마른 손으로 민영의 방문을 열어젖혔다. 방 안은 평소와 같았다. 민영의 어제 입은 잠옷이 의자에 걸려 있고, 침대 위 이불은 어질러진 채였다. 보통 때라면 잔소리를 해줄 일이었지만 지금은 그런 것도 눈에 들어오지 않았다.

선경이 제일 먼저 민영의 옷장으로 달려들었다. 혹시 언니 옷을 훔쳐다가 '그런 짓'을 하진 않았을까? 하지만 아무리 뒤져도 수영의 옷이 나오지 않았다. 선경은 화장대 서랍을 빼 안에 든 물건을 바닥에 쏟았다. 그 안에 수영의 화장품이 있을지도 몰랐다. 하지만 아무리 봐도 민영이 평소에 바르는 립밤이나 립글로스 말고는 별게 없었다. 다음으로 선경의 시선이 향한 곳은 책장이었다. 선경은 책장 가득 꽂힌 책을 양손으로 잡아 끌어냈다. 교과서와 참고서가 섞인 책 무더기가 큰 소리를 내며 와르르 쏟아졌다. 평소에 수영이 어떤 책을 읽는진 몰라도, 민영에게 빌린 책이 섞여 있을 수 있었다. 선경은 쏟아진 책을 하나하나 집어 후루룩 넘겨봤다. 민영의 수준에 맞지 않을 정도로 어려운 책이 있다면 그건 수영의 것일 가능성이 높았다.

선경은 민영의 보석함, 서랍장, 속옷 서랍, 문구 상자까지 전부 쏟아 뒤졌다. 그러나 결국 이렇다 할 만한 것을 찾아내지는 못했다. 초조함에 입술을 물어뜯던 선경은 갑자기 스치는 생각에 성마르게 방을 달려 나갔다. 팬트리를 열어 틈새용 걸레를 찾았다. 정전기 방식으로 먼지를 훑어 내는 부직포 걸레인데 각종 가구 밑을 청소하기 용이했다. 선경은 그걸 들고 도로 민영의 방에 들어갔다. 선경은 무언가에 홀린 듯 장롱 아래를 몇 번이고 훑어 냈다. 하지만 구름 같은 먼지 덩이만 끌려 나올 뿐 다른 것은 없었다. 선경은 축 몸을 늘어뜨리며 한숨을 쉬었다. 지금 무슨 생각을 하는 건가. 민영이는 '그럴' 애가 아니다. 괜히 이상한 무당에게 걸려 이상해져 버렸다.

선경은 방에 즐비한 온갖 물건들을 언제 다 치워야 하나 싶던 찰나, 침대를 봤다. 침대 아래에는 엄지손톱 반절 크기의 틈새가 있었다. 조금 전까지 분명히 남아 있던 민영에 대한 믿음이 자투리까지 모두 날아가 버렸다. 선경은 상체를 구부려 침대 밑을 들여다봤다. 안은 어둠으로 가득해, 보이는 것이 없었다. 선경은 틈새 사이로 걸레를 밀어 넣었다. 아니겠지, 아니겠지, 생각하는 머릿속과는 반대로 한참이나 팔을 움직인 끝에, 침대 구석 쪽에서 뭔가가 걸레에 닿았다. 선경은 순간 멈칫했다.

"…."

선경은 다시 주의 깊게 걸레를 밀어 넣었다. 그러고는 걸리는 것을 슬슬 꺼냈다. 무언가가 걸레에 눌려 직직 끌려왔다. 일련의 행동이 끝날 때까지 선경은 자신도 모르게 숨을 참고 있었다. 이내 그 물건이 눈앞에 나타났을 때, 선경은 절망과도 같은 숨을 토해 내며 천천히 그걸 집어 들었다.

여권이었다. 선경은 덜덜 떨리는 손으로 여권의 주인을 확인했다. 수영의 것이었다.

"엄마, 지금 뭐 해? 헉, 이게 다 뭐야!"

때마침 민영의 목소리가 들렸다. 선경은 벌게진 눈으로 고개를 홱 돌렸다. 엉망이 된 방이 당황스러운 듯 황당하단 얼굴의 민영이 선경을 쳐다보고 있었다. 그 뻔뻔한 얼굴을 보자 뜨거운 불기둥 같은 것이 선경의 가슴을 치받았다.

선경은 벌떡 일어섰다. 그와 동시에 민영의 고개가 옆으로 돌아갔다. 선경이 민영의 뺨을 때린 것이다. 온 힘을 다해 때렸던지라 선경의 손바닥이 금세 붉어졌다. 민영의 뺨에도 손바닥 자국이 그대로 찍혔다.

민영은 순간적으로 입을 벌리고 눈을 부릅떴다. 민영은 자신에게 무슨 일이 벌어진 건지 이해하기 어렵다는 듯 두 눈을 크게 껌벅였다. 잠깐의 시간이 지나고, 민영이 외쳤다.

"이게 무슨 짓이야, 엄마!"

"그럼 너는 이게 무슨 짓이니?"

선경은 민영의 눈앞에 수영의 여권을 들이밀었다. 그걸 확인한 민영은 조가비처럼 입을 다물었다. 민영의 눈이 허둥지둥 선경을 피했다.

"너였어? 너 때문에 수영이가 얼마나 고생했는지 알아?"

선경의 손이 다시 한번 공중으로 솟구쳤다. 민영은 재빠르게 물러섰다. 선경이 따귀를 때리는 걸 간신히 피한 민영의 표정이 일그러졌다. 허둥거리던 두 눈이 이제는 이글거리며 선경을 보고 있었다.

"엄마는 결국 나를 의심했구나? 그래서 이렇게 방을 뒤진 거야? 내가 저지른 짓이라고 생각해서?"

도리어 화를 내는 민영을 보며 선경은 감당할 수 없는 분노가 치밀었다.

6

수영이 여권을 잃어버린 건 1년 전 일이었다. 그날 수영은 코타키나발루행 비행이 잡혀 있었다. 언제나처럼 핸드백 안에 있을 거라 생각했던 여권이 없다는 것을 출국 직전 깨달은 수영은 패닉에 빠졌다. 수영이 비행기에 탑승할 수 없게 되자 내부에서는 긴급히 대체 인력을 찾아야만 했다. 수영은 내부 징계를 피할 수 없었다. 치명적인 실수를 저지른 수영은 자괴감에 빠졌다. 수영은 집을 몇 번이고 뒤집으며 여권을 찾았지만 여권은 어디서도 발견되지 않았다.

그런데 그 여권이 지금 민영의 방에 있는 것이다.

선경은 분노로 핏발 선 눈을 민영에게 향했다. 무릎을 꿇고 빌어도 모자랄 상황에, 지금 민영은 분노하고 있었다. 자신을 의심해서 방을 뒤진 거냐고 큰소리치는 것이, 적반하장이 따로 없었다. 위기를 모면하려고 분위기를 호도하려는 시늉처럼 보였다.

"그럼 말해봐! 대체 수영이가 잃어버렸던 여권이 왜 이 방에 있는지!"

"엄마부터 말해! 날 의심했냐고!"

그렇다고 말할 수는 없었다.

"청소하다가 나온 거야. 자꾸 다른 데로 말 돌리지 마. 어떻게 된 건지 당장 말 안 할래?"

"몰라. 언니가 떨어뜨린 게 침대 밑으로 밀려 들어갔나 보지."

민영은 눈길을 피하며 말했다. 그런 일이 가능할 리 없었다. 수영은 비행 후 늘 자기 물건을 깨끗하게 정리했다. 비행할 때 지니는 중요한 물건일수록 다른 방에 가져갈 이유가 없다. 민영이 거짓말을 하고 있다는 건 확실했다.

"너 똑바로 말 안 해? 언니가 이것 때문에 얼마나 고생했는지 알아?"

선경이 언성을 높였다. 이내 민영은 무슨 말을 하려다 말고 입을 다물었다. 그러고는 침대 끄트머리 어딘가를 한참이나 응시했다. 수영의 여권을 훔쳐 숨긴 날의 일을 떠올리고 있는 건지도 몰랐다. 선경은 씩씩거리며 민영의 대답을 기다렸다. 민영은 웅얼거리면서 대답했다.

"엄마한텐 언니만 최고잖아."

"…뭐?"

민영이 선경 쪽으로 고개를 홱 돌렸다. 크게 뜬 눈이 희번덕거렸다. 민영의 눈동자에 분노와 서러움이 섞여 일렁거렸다.

"내 말이 틀려? 우리 수영이, 우리 수영이, 맨날 그러잖아. 언니만큼만 하면 된다고 한 적도 있지? 난 그래서 맨날 언니를 따라 해야 했어. 집에서 TV 한 번 내 맘대로 튼 적이 없어. 언니처럼 책을 봐야 하니까! 언니처럼 나는 웃을 때도 조용히 웃고, 공부도 잘해야 돼. 왜냐하면 엄마한테는 그런 딸만 최고니까!"

선경은 어안이 벙벙해졌다. 대체 민영이 무슨 말을 하고 있는지 알 수가 없었다. 선경에게 자신의 잘못을 꼬집힌 민영은 지금 선경의 잘못을 꼬집고 있었다. '편애하는 엄마'라는 잘못을. 선경은 그것이 자못 당황스러웠다. 지금까지 선경은 민영이 언니인 수영을 좋아한다고만 생각했다. 수영의 일상이 민영의 꿈이라고 확신해 왔다. 그런데 지금 민영은 그게 아니라고 말하고 있었다.

"난… 난 네가 언니를 좋아해서 언니처럼 되고 싶어 하는 줄 알았어."

"아니! 난 한 번도 그런 걸 바란 적 없어. 하지만 어쩔 수 없었어. 엄마의 자랑인 언니처럼 되지 않으면 난 이 집의 투명인간일 테니까!"

'투명인간'이라니. 민영이 그런 과격한 생각을 할 거라곤 예상하지 못했다. 민영은 단호한 얼굴로 선경을 마주 봤다.

"엄마."

선경은 민영을 보았다.

"내가 음악 하고 싶어 하는 거 몰랐지?"

전혀 몰랐던 일이다. 선경은 간신히 대답했다.

"네가… 말을 안 했잖아."

"안 한 게 아니라 못 한 거지. 이성적으로 생각해 봐. 엄마는 만약 내가 음악 한다고 했으면 어땠을 것 같아?"

그 말을 듣는 순간 곧바로 '싫다'는 느낌이 들었다. 민영은 수영처럼 외모가 빼어나거나 성적이 우수한 아이는 아니었지만 모범생이라 부를 만한 성실한 아이였다. 공부를 포기한 민영은 상상할 수 없었다. 아니, 상상하기 싫었다. 선경은 차가운 물을 뒤집어쓴 것만 같았다. 스스로도 놀랐다. 두 딸을 똑같이 사랑한다고 생각했었다. 하지만 민영이 음악 따위를 한답시고 공부를 소홀히 하거나 취업도 하지 않는다면 다른 사람들 앞에서 민영 이야기를 꺼낼 자신이, 선경은 없었다.

선경이 아무런 대답도 못 하자 민영이 기세등등해졌다.

"거봐. 엄마는 기대에 못 미치는 자식은 자식이라고 생각조차 하지 않아! 그것 때문에 내가 얼마나 괴로웠는지 알아? 잠도 제대로 자본 적 없어. 시험 전에는 속이 안 좋아서 먹은 것도 학교 화장실에서 다 게워 냈어. 성적이 조금이라도 떨어질까 봐, 엄마가 또 나를 자식이라고 여기지 않을까 봐 발버둥 치는 게 얼마나 힘든지 알아? 나는 이렇게 고통스러워야 엄마의 딸이 될 수 있는 거야?"

"그렇다고 수영이 여권을 숨겨?"

"그건 나도 잘못했다고 생각해. 하지만 그건 다 엄마 때문이야. 나도 언니를 좋아하고 싶어! 그런데 엄마가 자꾸 수영이, 수영이, 하니까 언니가 너무 미워지잖아!"

"그래서 무당한테 갔니?"

"뭐?"

민영이 눈을 크게 떴다. 선경이 무슨 말을 하는지 이해가 안 가는 듯했다.

"그건 또 무슨 소리야?"

선경은 아랫입술을 꾹 깨물었다. 선경이 월하도령의 점집에 갔다는 거나 수영이가 가족한테 살을 맞았다더라 하는 얘기는 차마 꺼낼 수 없었다. 만약 꺼낸다 해도 민영이 인정할 리 없고, 오히려 선경을 미신을 신봉하게 된 비이성적인 사람으로 취급하며 얼버무릴 거라는 예상이 들었다.

"무슨 소리냐고?"

"별거 아니야. 동네 아줌마가 얘기한 게 갑자기 생각나서 튀어나온 것뿐이야."

민영은 채근하는 걸 그만뒀지만 납득하는 얼굴은 아니었다. 선경은 민영에게 다가섰다.

"나는 너와 수영이 둘을 똑같이 사랑해. 똑같이 소중한 내 딸이야."

진실을 말하고 있는지는 스스로도 확신할 수 없었다.

"엄마가 너희를 사랑하는 건 당연한 일이야. 물론 엄마 친구들한테 수영이를 자랑할 때도 있지. 그렇지만 네가 성적이 떨어진다고 해서 투명인간 취급하거나 덜 사랑하지는 않아. 그런 일은 있을 수 없어. 내 뱃속에서 나온 내 새끼니까."

"그럼 나 음악과 쪽으로 편입해도 돼?"

민영의 질문에 선경의 눈빛이 잠시 흔들렸다. 선경은 민영의 어깨를 두드렸다.

"같이 생각해 보자."

민영의 눈에 실망이 어렸다. 역시 엄마는 어쩔 수 없어, 하고 생각하는 듯도 했다. 선경은 민영을 충분히 위로하지 못해 유감스러웠지만 어쨌든 지금은 그것보다 더 중요한 게 있었다. 선경은 손에 든 수영의 여권을 꽉 쥐었다. 그동안 쌓인 질투심을 감쪽같이 숨긴 만큼 민영이 '어떤' 짓을 벌였는지도 모를 일이었다. 선경은 내일 아침 일찍 월하도령을 찾아가기로 결심했다. 이 물건이 수영을 아프게 했을 수도 있기 때문이다.

"엄마. 언니 여권 숨긴 거랑 소리 지른 거 미안해. 잘못했어."

민영이 울먹이며 말했다. 선경이 편입을 반대할까 눈치를 보는 걸 수 있지만, 표정에는 진심이 묻어났다. 선경은 민영을 안았다. 품에 안긴 민영이 흐느꼈다.

"엄마라는 존재는 절대 누굴 더 사랑하고 덜 사랑하고 할 수 없는 존재야. 그렇지만 네가 그런 생각이 들 게 한 건 엄마 잘못이야. 앞으로는 네가 느끼는 감정을 솔직히 얘기해 줘. 엄마가 잘못하고 있는 일이 있으면 엄마도 고칠게."

민영이 선경을 마주 안았다.

"엄마, 미안해."

선경도 민영의 허리를 끌어안아 도닥였다.

"응."

선경은 생각했다.

수영을 그렇게 만든 게 민영일지도 모른다.

7

“이 사람은 아니군.”

월하도령은 상 위에 흩뿌린 쌀알을 확인하듯 다시 한번 손바닥으로 훑으며 말했다. 쌀알들 사이사이로 선경이 가져온 민영의 머리카락이 보였다.

수영에게 악의 가득한 살을 보낸 사람을 확인하는 방법은 하나라고 월하도령은 말했다. 그 사람의 머리카락을 가지고 오는 것. 민영의 머리카락을 가져오는 건 어렵지 않았다. 머리숱이 많은 민영은 잠깐만 침대에 누워도 베개에 몇 가닥이나 묻어 있었다. 샤워만 하면 배수구에 까만 머리카락 덩이가 마치 파래처럼 엉겨 붙어 있곤 했다. 선경은 민영의 방을 청소하면서 베개에 남은 머리카락을 있는 대로 비닐 팩에 담았다. 그때까지만 해도 선경은 범인이 민영이라고 생각했다. 그런데 그 확신이 부정당하자 선경은 묘한 기분에 휩싸였다. 민영이 아니어서 기뻐해야 하는 건지, 아니면 실망해야 하는 건지 스스로도 헷갈렸다.

다른 가족은 없느냐고 월하도령이 물었다. 그 검고 깊은 눈이 선경을 응시했다. 남은 사람이 더 있지 않느냐고, 당신은 그걸 알고 있지 않느냐고 추궁하는 것만 같았다.

"다시 올게요."

월하도령에게 답변 대신 인사를 남기고 선경은 천천히 방을 빠져나왔다. 복도에는 여전히 많은 사람이 길게 늘어앉아 차례를 기다리고 있었다. 그들은 마치 암묵적인 약속이라도 한 듯 선경의 얼굴을 올려다보지 않았다. 불을 켜면 흩어지는 벌레들처럼 빠르게 움직인 사람들의 시선에 불편함을 느낀 선경은 손님들 사이를 종종걸음으로 지났다.

월하도령이 물었을 때, 선경은 한 사람의 얼굴을 떠올렸다. 선경 자신은 수영에게 살을 날리지 않았고, 민영은 아니라고 하니, 이제 남은 사람은 단 한 명뿐이었다. 남편.

사실 여기 오기 전, 선경은 남편 머리카락도 챙길까 생각했다. 하지만 그러고 싶지 않았다. 딸에게 살을 날리는 아버지라니. 내가 그런 남자의 아내라니. 아무리 이번 일이 끝나면 다시는 보지 않을 월하도령이라 하더라도 남에게 남편을 의심하는 여자라는 식으로 보이고 싶진 않았다. 무엇보다 선경 스스로가 그런 의심을 품고 싶지 않았다.

남편은 이상적인 가장이었다. '딸바보'라는 말을 들을 정도로 두 딸을 사랑하고 아내 선경을 존중했다. 일에도 열심이었지만, 가족의 앞 순위에는 아무것도 두지 않았다. 주말에는 집안일을 하거나 짧게라도 가족과 바람을 쐬러 시간을 내는 사람이었다. 같은 아파트에 사는 유부녀들은 다들 부러운 눈빛으로 선경을 바라보곤 했다.

하지만 지금 이 순간 선경이 남편을 의심하는 데는 이유가 있었다. 두 번 다시 이런 일은 없을 거라고 남편이 약속했던 날. 잊기로 했지만 도저히 잊을 수 없는 그날의 일이 떠올랐기 때문이다.

아주 오래전, 남편에게는 다른 여자가 있었다. 매일 정시 퇴근을 했고, 주말에도 평소와 다름없이 가족과 시간을 보냈기 때문에 선경은 남편의 바람을 상상도 못 했다. 남편이 그렇게 용의주도할 거라는 사실도.

남편은 업무 시간에 외근을 핑계 삼아 그 여자를 만나러 갔다. 야근이 있다고 해놓고 그 여자 집에 갔다. 연차를 내고 그 여자와 온종일 함께하기도 했다. 남편은 회사 정책이 바뀌어 연차를 안 써도 수당이 따로 지급되진 않지만 연차를 쓰자니 불경기라 눈치가 보인다며 둘러댔다. 그래놓고 집에서는 새벽에 화장실이나 베란다에서 여자와 문자로 밀회를 나눴다.

그 사실을 제일 먼저 알아낸 건 수영이었다.

수영이 쇼핑몰 할인 쿠폰을 여러 장 받기 위해 식구들 계정을 빌린 게 시작이었다. 다른 사람의 계정을 쓰려면 인증번호가 필요했고, 샤워하러 욕실에 들어간 아빠를 기다리기 힘들었던 수영은 그의 휴대폰을 안방에서 가지고 나왔다. 똑똑한 수영은 비밀번호마저 기억하기 쉽게 만드는 아빠의 휴대폰 잠금 패턴을 몇 번의 시도 끝에 풀어버렸다. 수영이 인증번호를 받는 사이, 문자가 왔다. 그 여자였다.

놀란 수영은 주방에 있던 선경에게 곧장 달려갔다. 그러고는 이것 좀 읽어보라며 휴대폰을 내밀었다. 문자 내용은 아무리 봐도 사무적이지 않았고, 엄마가 딸에게 읽어줄 만한 건 더더욱 아니었다. 선경은 휴대폰을 받아 과거 메시지를 차례로 확인했다. 당신 품에 빨리 안기고 싶다는 둥, 보고 싶다는 둥 하는 메시지들이 추가로 도착했다. 선경이 두 남녀가 주고받은 지난 문자들을 읽는 동안 남편이 욕실에서 나왔다. 자신에게 꽂히는 아내의 눈빛이 심상치 않음을 깨달은 그는 선경의 손에 들린 자신의 휴대폰을 발견했다. 그는 선경의 뒤에 숨은 수영에게로 천천히 시선을 옮겼다. 수영이 문제를 터뜨린 장본인이라는 사실을 이내 알았을 터였다.

선경은 수영을 방으로 보내고 남편에게 다가섰다. 어떻게 이런 일을 벌일 수 있느냐고, 대체 언제부터였느냐고, 그년은 어떤 년이냐고, 당장 앞장서라고 조용히 뇌까렸다. 가슴은 터질 것 같았지만 소리 지를 수는 없었다. 너무 늦은 밤이었고, 이 말들은 밖으로 나가서는 안 됐다. 남들이 보기에 선경의 집은 완벽한 가정이어야 했다. 그렇지 않으면 수영이나 민영이도 얼굴을 들고 다닐 수 없을 것이었다. 선경은 자신을 부러워하던 여자들의 눈빛이 어떻게 바뀔지 상상조차 하기 두려웠다.

남편은 잘못했다고, 다시는 이런 일이 없을 거라고 하면서도 끝내 그 여자에 대해서는 털어놓지 않았다. 남편의 휴대폰에는 여자의 이름이 적혀 있었지만 본명인지는 불명확했다. 똑똑한 수영은 여자의 메신저 프로필 사진을 확실히 기억하고 있었다. 사진 속 여자는 앞치마를 입고 있었는데, 앞치마 가슴에는 어느 공방 이름이 똑똑히 찍혀 있었다.

남편에게는 안된 일이지만, 수영은 그 공방 이름을 포털 사이트에 검색해 여자에 대한 온갖 정보를 알아냈다. 본명과 나이, 공방의 주소와 전화번호까지, 수영은 찾아낸 모든 것을 적어 선경에게 건넸다.

수영의 메모를 받아 든 선경은 다음 날 남편이 출근하기 무섭게 지하철에 몸을 실었다. 공방은 집에서 그리 멀리 있지 않았다.

여자가 차린 뜨개 공방은 완제품과 재료를 판매하면서 뜨개질 강습을 여는 등, 지역 주민들과 밀접하게 활동하는 공간이었다. 선경이 찾아갔을 때는 수업 중인지 긴 테이블에 여러 명의 여자가 앉아 있었다. 가운데 자리에 서서 설명하고 있는 여자가 사진 속 인물임은 한눈에 알 수 있었다. 여자는 사진 속 앞치마와 똑같은 것을 입고 있었다.

선경은 여자를 가장 잔인하게 밟아줄 방법을 알고 있었다. 선경 자신이 가장 두려워하던 것을 그 여자에게 선사해

주면 될 일이었다. 그녀가 중요하게 여기는 장소에서 그녀의 치부를 드러내는 것. 그녀를 세상에서 가장 더럽고 추악한 여자로 만드는 일이 곧 복수가 될 터였다.

선경은 문을 열고 안으로 들어갔다. 여자는 선경을 알아보지 못했다. 해맑게 웃으며 어서 오라고 인사했다. 선경은 들고 있던 핸드백을 곧바로 내팽개쳤다. 이어 선경은 통속적인 드라마에 흔히 나올 법한 행동을 그대로 했다. 여자의 머리채를 쥔 다음, 놀랍고 흥미롭다는 표정으로 지켜보던 사람들이 다 알아듣게끔 소리 질렀다. 그 여자가 무슨 짓을 했는지에 대해, 선경은 자신도 처음 써보는 단어를 총동원하여 말했다. 오입질, 굴러먹는, 더러운 년, 아무 데서나 다리를 벌리는….

그날 이후 여자는 남편에게 연락을 하지 않았다. 시시때때로 선경이 남편의 휴대폰을 확인했지만, 불륜이 계속되고 있는 것 같지는 않았다. 자신의 즐거움을 빼앗긴 남편이라면 수영을 원망할 수 있지 않을까? 그 여자에게 수치와 망신을 준 선경이 아니라, 아무렇지 않게 웃는 얼굴로 모든 것을 다 까발린 수영을. 하얀 악마 같던 어린 수영을.

8

집에 돌아와 보니 남편이 일찍 퇴근해 집을 청소하고 있었다. 선경은 그의 손에 들린 돌돌이와 베개를 보면서 오늘 남편의 머리카락을 수거하긴 글렀다는 생각을 했다. 남편을 향해 웃어 보이며 선경이 물었다.

"일찍 퇴근했네?"

"요즘엔 한가하니까 괜히 늦게까지 있을 필요 없지. 당신은 어디 갔다 와?"

수영을 위해 무당집에 들락거린다는 사실을 이야기할 수는 없었다. 선경은 대충 친구를 만나러 다녀왔다고 얼버무렸다. 남편은 잠시 의아한 표정을 지었다. 선경이 만날 친구가 거의 없다는 것쯤은 그도 잘 알고 있었다. 결혼 전만 해도 선경과 가까운 친구는 몇 있었는데, 남편 뒷바라지를 하고 아이를 낳아 기르기 시작하면서 자연스레 멀어졌다. 게다가 지금은 수영이 입원해 있는 상황이다. 선경에게 친구를 만나 노닥일 마음의 여유가 없다는 건 그도 충분히 알만 했다.

남편은 선경의 외출에 대해 자세히 묻진 않았다. 선경으로서는 다행으로 여겨야 했지만 괜히 뾰족한 마음이 목구멍을 찔렀다. '이 남자는 내가 어딜 다녀왔는지, 누구를 만나는지, 온종일 뭐 하는지 관심이 없다…' 선경은 남편에게서 등을 돌린 채로 말했다.

"당신 식사해야지. 나도 밥 먹고 바로 수영이한테 가볼 거야."

간병인이 있긴 해도 들르지 않을 수 없었다. 수영의 상태가 좋지 않다는 걸 간병인을 통해 들었기 때문이다. 수영은 오늘도 거의 음식을 먹지 않고 내내 누워만 있었다.

선경은 간단히 달걀찜을 하고 냉장고에 남아 있던 반찬들로 저녁 식탁을 채웠다. 남편 자리에 밥과 국을 놓을 때쯤 그가 화장실에서 나왔다. 남편은 식탁에 앉으며 말했다.

"수영이한테는 내가 갈게. 당신은 좀 쉬어."

선경이 남편을 쳐다봤다. 그는 묵묵히 밥을 떠서 입에 넣었다. 선경은 평소처럼 자기가 가겠다고 말하기 위해 입을 달싹였다. 수영을 하루라도 보지 않으면 불안했다. 게다가 어떻게든 수영을 달래 한 숟갈이라도 밥을 먹일 수 있는 사람은 선경 자신뿐이었다. 그런데 갑자기 다른 생각이 머릿속에 끼어들었다.

남편이 살을 날린 사람이라면 수영의 물건을 뭐라도 가지고 있을 것이다. 남편이 자리를 비운 사이에 그 물건을 찾아보면 어떨까. 선경은 잠깐 고민하는 척하다가 고개를 끄덕였다.

"그럼 부탁해. 사실 오늘은 좀 피곤해서."

"그래."

남편도 선경의 태도를 이상하게 여기는 것 같지 않았다. 조용한 식사 시간이 이어졌고, 식사를 마친 후 남편은 곧장 집을 나섰다. 선경은 시계를 봤다. 민영이 돌아오기까지 시간이 한참 남아 있었다. 민영은 매일 자정이 넘어서야 집에 들어왔다. 학교 도서관에서 공부하느라 늦는 거라고 말했지만, 이제 와 생각해 보니 그동안 공부를 한 게 아니라 선경

몰래 음악 활동을 했을지도 모른다. 그러나 지금 중요한 건 그게 아니다. 선경은 대충 상을 치우고 설거짓거리를 남겨 둔 채 안방으로 들어갔다.

맨 먼저 선경은 남편이 오늘 회사에 입고 간 정장 속주머니를 뒤졌다. 주유소 영수증뿐이었다. 지갑도 뒤져보고 싶었지만 그건 당연히 남편이 가지고 있을 테고, 불륜이라는 전적이 있는 남편이라면 수영의 물건을 찾기 쉬운 곳에 뒀을 것 같지도 않았다.

나쁜 짓을 하는 사람은 자신이 하는 짓의 악의를 명백히 인식한다. 그렇기 때문에 찜찜한 물건은 가까이 두지 못한다. 어디가 됐든 다른 사람 눈에 띄지 않도록 최대한 멀리 놔둘 것이다. 회사에 뒀을 가능성도 배제할 수는 없지만 지금 당장 선경이 찾아볼 수 있는 곳은 집 안뿐이었다.

선경은 남편의 출근 가방을 뒤졌다. 옷장도 뒤졌다. 아무것도 찾을 수 없었다. 혹시 차에 있을까 싶었으나, 남편이 병원에 가면서 대중교통을 타지는 않을 것 같았다. 차를 언제, 어떻게 뒤질까 생각하며 선경은 옷장에 걸린 남편의 코트 주머니를 하나하나 꼼꼼히 훑었다. 하지만 수영의 것으로 보이는 물건은 찾을 수 없었다. 거실로 나와 주변을 둘러봤다.

남편이라면 들키고 싶지 않은 물건을 어디에 둘지 짐작해 봤다. 남이 손을 대지 않을 곳. 이 집에 그런 곳이 있나? 암만 머리를 굴려도 뾰족한 수가 나오지 않아 고개를 젓는 순간, 팬트리가 눈에 들어왔다.

선경은 곧장 팬트리 문을 열었다. 골프 가방이 있었다. 남편은 골프를 좋아한다. 평소에는 스크린 골프를 즐겼으며 두어 달에 한 번 모임에 나가 필드를 돌고 왔다. 부부 모임으로 따라간 적도 있었지만 선경의 취향에는 맞지 않아 그 후로는 함께하지 않았다. 그리고 선경은 지금껏 그의 골프 가방을 열어본 적이 없었다.

선경은 기다란 골프 가방을 질질 끌고 나왔다. 지퍼를 열어, 안에 있던 골프채 여러 개를 모두 꺼냈다. 그런 다음 가방을 거꾸로 집어 들고 탈탈 털었다.

탁.

무언가가 바닥에 부딪히며 떨어졌다.

선경은 선 채로 그것을 한참이나 내려다봤다. 그건 수영의 물건이 아니었다. 그러나 그 이상으로 선경에게 충격을 줬다. 선경은 천천히 무릎을 굽히고 앉았다. 떨어진 물건을 향해 뻗는 손끝이 덜덜 떨렸다.

열쇠고리였다. 작은 플라스틱 액자에 사진이 들어 있었다. 사진 속 남편의 모습은 꽤 젊었다. 언제 봤는지 기억도 안 나는 호탕한 웃음을 짓고 있었다. 나무에 떨어지는 햇살이 남편의 웃음과 잘 어울렸다. 남편은 한 아이를 안고 있었다. 그 아이는 수영도 민영도 아니었다.

남편을 아주 많이 닮은 남자아이.

선경은 사진을 뜯어보다가 자신도 모르게 손으로 입을 틀어막았다. 욕지기가 올라와 화장실로 뛰어 들어갔다. 변기에 얼굴을 박고 구역질을 했다. 노란 위액이 씁쓸함을 입 안에 남기며 떨어졌다. 선경은 변기 물을 내리고 화장실 바닥에 주저앉았다.

머릿속에 그 여자가 떠올랐다. 두 사람 사이에 애가 있었던가. 선경은 믿을 수가 없었다. 자기도 모르게 고개를 저으며 소리를 질렀다.

"아니야!"

그렇게 외친 순간 떠오르는 기억이 있었다. 왜 여태껏 그 사실을 깨닫지 못했는지 알 수가 없었다. 왜 잊고 있었는지. 짐작도 못 했다.

그날. 선경이 그 여자의 공방에 쳐들어간 그날, 욕지거리를 퍼붓는 순간, 공방 구석에는 블록 장난감을 만지작거리던 남자아이가 확실히 있었다. 아이는 공방이 소란스러워지자 공방 뒤쪽 장식장 너머로 몸을 숨겼다. 그저 손님 중 누군가의 아이겠거니 치부했었다. 애초에 그 순간의 선경은 아이의 존재에 주의를 기울일 정신이 없었다.

"그럼 그때의 아이가…."

남편은 그 여자와 아이를 아직도 만나고 있는 걸까. 아니, 아니다. 선경은 고개를 저었다. 만약 그렇다면 남편이 이렇게 오래된 사진을 갖고 있을 리 없다. 게다가, 지금은 그런 게 중요하지 않다. 살을 날리는 사람의 조건. 혈연관계로 맺어진 직계가족이나 형제자매. 이 아이가 남편의 아이가 맞다면 수영과 같은 피를 나눈 것이 된다.

9

월하도령은 빠르게 흔들던 무구를 상 위에 내려놨다. 무구는 더는 소리를 내지 않았고 적막이 찾아들었지만, 속에서 이는 소란은 그를 어지럽게 했다.

그는 온몸으로 느끼고 있었다. 혐오에 가까운 적의가 가까이 온다는 걸.

그 적의로 인해 이제 그 여자도 자신에 대해 알고 있다는 것을 알 수 있었다.

거짓말을 한 적은 없다. 신을 담은 그릇으로서 신의 언어를 전하는 그가 거짓말을 할 수는 없었다. 같은 핏줄이 살을 날린다는 건 진실일 수밖에 없다. 아주 치 떨리도록 싫은 진실.

더러운 피를 그 여자의 딸과 공유하고 있다는 것. 그래, 살을 날린 것은 월하도령, 자신이었다.

그는 자신이 진성이라는 이름으로 불리던 시절을 기억하고 있었다. 그 시절의 그는 아주 작았다. 엄마를 좋아했고, 어쩐지 아빠가 없었지만, 아빠는 지방에서 일하고 있기 때문에 자주 만날 수 없다는 엄마의 말을 믿었다. 진성의 엄마는 동네에서 작은 공방을 운영했다. 재봉틀이 돌아가고 가는 실 먼지가 공중에 떠도는 평화로움은 아직도 선명하다. 그때의 그는 초등학교를 들어가지도 않은 나이였다.

그 여자가 찾아와 모든 것을 망가뜨렸다. 그녀는 진성의 엄마에게 소리치고, 엄마의 머리카락을 휘어잡고 무섭게 흔들어 댔다. 사람들이 보거나 말거나 상관없다는 듯 물건을 집어 던졌고, 테이블을 엎었다. 공방의 구석에는 아이였던 그가 있었다. 무서운 광경이었다. 돌연 나타난 여자가 모든 것을 집어삼킬 것같이 포효했다. 공방은 생전 처음 들어보는 욕설이 난무했다. 급하게 엄마가 우는 그를 안고 귀를 막았다.

다음 날부터 진성의 엄마는 공방에 나가지 않았다. 이사를 갈 거라고 그의 엄마는 말했다. 그게 싫지는 않았지만, 진성은 언제 올지 모를 아빠가 집을 잘 찾을 수 있을지가 걱정됐다. 진성은 물었지만 엄마는 대답하지 않았다.

진성은 직장을 구했다며 좋아하던 엄마의 얼굴을 기억한다. 그러나 그것도 며칠뿐이었다. 엄마는 집에서 더 나가지 않게 됐다. 얼굴이 점점 시커멓게 죽어갔고, 매일 지독한 냄새가 나는 술병을 끼고 살았다. 새로 구한 직장에도 여자가 찾아왔다는 걸, 진성은 아주 나중에 엄마의 일기를 통해 알았다.

엄마가 돈을 벌지 못하자 집에는 냉기가 돌았다. 어느 샌가부터 전기가 들어오지 않았다. 불행의 씨앗은 그렇게 점점 몸집을 불려 진성의 가족을 먹어치워 갔다.

"엄마, 화냥년이 뭐야?"

그 말을 못 들은 척했다면 좋았을 거라고 그는 생각한다. 아니, 엄마에게 그걸 물어보지만 않았더라도 엄마는 살았을지 모른다고 생각한다. 집 밖에 나가기만 하면 흘깃거리고 소곤거리는 동네 사람들의 말에서 건져 올린 그 한 단어가 엄마를 죽일 거라고 그때의 진성은 생각하지 못했다.

놀이터에서 돌아온 그날, 진성은 천장에 매달린 엄마를

봤다. 마지막까지 고통에 몸부림쳤을 엄마의 일그러진 얼굴과 꽉 깨문 이는 진성의 트라우마가 됐다. 그 모습만 떠올리면 온몸이 오그라드는 것 같았고 숨을 쉬기가 힘들었다.

어느 정도 컸을 때, 진성은 그를 키워준 이모에게서 엄마의 사정을 들을 수 있었다. 엄마는 자신이 기혼임을 밝히지 않은 남자를 사랑했고, 진성을 가졌다. 엄마는 남자에게 또 다른 가족이 있다는 걸 알았을 때 그를 떠났다. 하지만 몇 년 후, 남자가 이혼했다며 찾아온 것이다. 아들에게는 아버지가 필요하다고 생각한 진성의 엄마는 남자와 다시 만나기 시작했다. 진성은 엄마의 마음을 짐작할 수 있었다. 엄마는 그때 꿈을 꿨는지도 모른다. 지방에서 일하는 남편을 기다리며 아이를 키우고, 남편이 오면 아이와 다 함께 놀이공원에 가는 아주 평범하고 단란한 일상을.

그러나 결국 그것도 거짓말이었다.

작은 신음 소리를 내며 대문이 열렸다. 여자가 도착한 것이다. 그 여자의 걸음 소리가 들렸다. 여자는 지금 무슨 생각을 할까? 그저 자신의 자식만 살리고 싶은 굳은 마음이 느껴졌다. 그 마음은 진성의 엄마도 같았을 것이다. 그녀는 아이의 입으로 '화냥년' 따위의 단어를 듣고 싶지는 않았을 거다.

열어둔 창문으로 여자의 발이 보였다.

"늦으셨네."

여자가 선 채로 그를 빤히 봤다. 마음이 소란했으나 여자의 얼굴을 보자 모든 것이 명료해졌다. 그는 '진성'으로 불렸던 아이의 마음을 없애고, 복수심만 남겼다. '월하도령'은 웃으며 말을 걸었다.

"다른 가족 머리카락을 가지고 왔나? 아니, 다른 가족이라면 남편밖에 안 남았지?"

여자는 말없이 문턱을 넘어 그와 마주 앉았다. 그가 차분한 얼굴로 항아리를 열어 쌀을 한 줌 쥐고는 상 위에 뿌렸다.

"올려놓으시죠."

여자는 손에 들고 있던 핸드백을 열었다. 그리고 안에 있던 것을 꺼내 상 위에 올려놨다. 열쇠고리가 상에 놓였다. 그 열쇠고리에 끼워진 사진 속 인물을 그는 알아볼 수 있었다.

여자가 말했다.

"당신이죠?"

10

선경의 물음에 월하도령은 여유롭게 얼굴을 들고 고개를 갸웃하며 웃었다.

"무슨 말씀이신지?"

"우리 수영이한테 살을 놓은 사람. 피가 섞인 직계가족이나 형제자매. 바로 당신이잖아."

선경은 온 힘을 다해 월하도령을 노려보았다.

"이건 당신 어릴 적 모습이야. 처음엔 못 알아볼 뻔했어. 하지만 그래서 확신할 수 있었지. 남편이 바람피운 그 여자의 아들이 바로 당신이라는 걸."

선경은 월하도령의 입술 위에 난 점을 가리켰다. 사진 속 남자아이 얼굴에도 똑같은 위치에 점이 도드라져 있었다. 월하도령은 얼굴에서 웃음기를 거두지 않았다.

"이제야 알아봤군. 나는 바로 알아봤는데. 당신은 무척 행복해 보이더라고."

"왜 이런 짓을 벌였지? 왜 하필 우리 수영이야!"

선경은 여자의 공방에 가서 난리를 피우던 날을 떠올렸다.

"원한이 있으면 남편한테 풀었어야지!"

"그럼 당신은 왜 당신 남편을 두고 우리 엄마를 그렇게 만들었지?"

그 나직한 목소리를 듣자, 선경은 피부에 소름이 돋았다.

"우리 엄마는 자식을 잃었어."

"그게 무슨 소리야?"

분명 월하도령은 그 여자의 아이가 확실했다. 그런데 '자식을 잃었다'니, 앞뒤가 맞지 않았다. 그 일 때문에 두 사람이 연을 끊은 건가? 뭐가 됐건, 아무도 그런 이유로 수영의 목숨을 갖고 장난쳐서는 안 된다.

"엄마는 공방을 유지할 수 없었어. 당신 남편이 우리 엄마를 찾아와서 이별을 통보했지. 그는 우리에게 돈 한 푼 쥐어

주지 않았어. 그 사람은 우리를 쓰레기처럼 버린 거야."

하지만 사진을 버리지는 못했지. 선경은 억울함에 튀어나오려는 말을 삼켰다. 사진 따위는 아무것도 아니다. 정말 깊은 정이 있었다면 선경 모르게라도 그는 제 핏줄을 챙겼을 것이다. 그런 생각이 들자 선경은 할 말이 없어졌다.

"당신은 절대로 당신이 무슨 일을 저질렀는지 모를 거야. 설명해도 알 수 없겠지. 하지만 당신은 알아야 해. 자신의 가정을 지키기 위해 다른 가정은 어찌 돼도 상관없다는 그 어리석음이 얼마나 안일한 것인지. 당신의 화풀이가 얼마나 잔인하게 사람을 찢어발겼는지."

월하도령의 목소리가 높아졌다. 감정의 파도는 이내 가라앉았다.

"아무 죄 없는 어린아이에게 엄마의 목 매달린 시체를 보게 하는 게 얼마나 잔인한 일인지 말이야."

선경이 화들짝 놀라 고개를 들었다. 그 여자가 자살했다고?

선경이 멍하게 있는 동안 월하도령은 말을 이었다.

"어머니를 따라 죽음을 생각한 것도 여러 번이었지. 하지만 느닷없이 궁금해지더군. 당신네는 어떻게 살고 있을지 말이야. 사람 둘을 지옥에 빠트려 놓고 당신은 완벽히 행복한 집을 만들었더군. 그래서 불행을 주고 싶었어. 그대로 살기엔 너무 불공평하잖아?"

선경은 아무 말도 할 수 없었다. 어렸던 월하도령의 고통은 쉽게 이해할 수 있었다. 하지만 당시의 피해자는 선경과 선경의 가족이었다. 멀쩡한 가정을 깨려고 한 건 그 여자였다. 선경이 그 여자에게 한 일은 정당했다. 선경은 떨리는 입술을 열었다.

"그래, 알았어. 내가 잘못했어. 하지만 그걸 왜 우리 수영이한테 풀어? 나한테 해. 차라리 나한테!"

월하도령은 고개를 가로저었다.

"우리 엄마는 자신을 죽임으로써 나를 잃었어. 자식을 놓고 떠나는 마음이 얼마나 아팠을까…. 당신도 자식 잃는 고통을 알아야 해."

"그때의 나는 정당했어."

"사람을 죽여놓고 정당했다고?"

월하도령이 이를 가는 듯한 소리를 냈다. 선경은 정신이 퍼뜩 들었다. 지금은 따지고 있을 때가 아니다. 월하도령의 마음을 풀어 수영을 살려야만 했다. 선경은 무릎을 꿇고 앉아 두 손을 모았다.

"내가 다 잘못했어. 네가 원한을 갖게 된 것도 내 잘못이야. 남편은 너를 버리지 말았어야 했어. 너를 힘들게 하고 네 엄마를 궁지에 몰아 죽게 한 것 전부 잘못했어. 그러니 제발 우리 수영이를 살려줘."

선경은 주먹을 꽉 쥐었다. 바닥에 얼굴을 대고 납작 엎드려 신음하듯 애원했다.

"아니면 날 죽여."

적막이 흘렀다. 곧 훗, 하는 월하도령의 웃음소리가 들렸다. 월하도령은 상냥한 목소리를 냈다.

"걱정 마. 죽일 생각까진 없었어. 단지 고통만 주고 싶었지. 그리고 앞으로도 당신들은 더 고통스러워야 할 거야."

"무슨…"

선경은 무슨 뜻인지 알고 싶어 되물었지만 그는 더 설명해 줄 생각이 없는 것 같았다. 그는 옆에 있는 선반을 열어 여러 번 접힌 종이를 꺼냈다.

"당신 딸이 커피를 사 먹고 버린 영수증을 주웠지."

월하도령은 가슴 안쪽에 손을 집어넣었다가 이내 꺼냈다. 그 손에 칼이 들려 있었다. 월하도령은 그걸로 영수증을 찍었다. 퍽, 소리가 나며 칼이 영수증을 관통해 상에 박혔다.

"이제 끝났어. 딸은 더는 아프지 않을 거야."

"잠깐. 무슨 뜻인지…?"

"돌아가."

월하도령의 목소리에 냉기가 가득 실렸다. 선경은 무언가에 홀린 듯 천천히 일어섰다. 얼른 병원으로 가 수영의 상태를 확인해야겠다는 마음뿐이었다. 선경이 방문을 열자, 등 뒤로 목소리가 날아들었다.

"행복하길 바라. 완벽하게."

선경은 아랫입술을 꾹 깨물었다. 뒤도 돌아보지 않고 걸음을 재촉했다. 그녀는 다시 마당을 가로질러 대문 밖으로 나갔다. 선경을 뱉어 낸 집의 불이 훅, 꺼졌다. 선경이 디딘 골목에는 어둠이 가득했다. 선경은 어둠 속을 걷기 시작했다. 가슴이 균열되는 것이 느껴졌다.

겉으로는 사이좋은 척했지만 민영은 수영을 질투하고 있었다. 앞으로도 선경은 민영이 하는 말을 가감 없이 받아들일 수 없을 것이다. 그리고 남편….

이 모든 일은 남편 때문에 벌어진 일이었다. 게다가 그는 아들마저 숨기고 있었다. 선경은 앞으로 남편을 이전과 같이 대할 수는 없을 것이다. 어쩌면 월하도령이 말한 '고통'이 이런 것일지 모른다고 선경은 짐작했다. 서로를 의심하고, 진심으로 사랑할 수 없게 되는 고통.

'아니다.'

선경은 생각했다. 완벽한 가정에 균열이 생긴 지는 이미 오래됐다. 다만 아무것도 보지 않으려 덮어놓은 것뿐이었다.

이번에도 그렇게 해낼 수 있을 것 같았다. 선경은 이 일을 평생 비밀로 묻고 가기로 했다. 민영에게도 평소와 다름없이 대할 것이고, 남편을 더욱 존중하며 살아갈 것이다.

"택시!"

선경은 저 멀리서 오는 택시를 향해 손을 들었다. 돌아갈 시간이었다.

우리의 완벽한 집으로.

작가의 말

작가의 말

이 책에 실린 세 편의 이야기는 전자책 출판사 '리디북스'에 각기 다른 시기에 발매된 단편 소설이다. 이 세 편의 이야기를 하나의 책으로 엮자는 제안에 남산이 보이는 작은 카페에서 만난 편집자는 "이건 가족의 이야기네요"라고 말했다. 그 말을 듣고 새삼 '그렇구나, 이 세 이야기 모두 어떻게 보면 가족의 이야기구나' 하고 생각했다.

「준구」는 딸을 살리는 아버지의 이야기니 당연히 가족의 이야기지만, 「반려, 너」는 가족의 이야기라고는 생각하지 않았다. 하지만 뒤틀린 마음으로 가족을 소유하려는 한 남자의 이야기라고 생각될 수 있겠다 싶었다. 「살」 역시 복수의 이야기라기보다는 안으로는 무너지고 있더라도 남에게는 완벽해 보이고 싶은 가족의 이야기였다.

그렇게 생각하면 나는 그동안 가족의 여러 모습을 참 많이도 다뤄왔다. 나만이 아니라 다른 작가들도 마찬가지겠지만 가족은 정말 여러 가지 감정을 갖게 해주는 존재다. '애증'이라는 단어로도 부족한 복잡한 존재.

한 가족의 구성원으로 살면서 느끼는 여러 가지 감정들, 원망, 애정, 미움, 신뢰, 모성애와 부성애, 형제애. 그럼에도 생기는 질투와 승부욕 등등이 많은 책의 소재가 됐다.

소설 속의 주인공은 항상 선택의 기로에 놓인다. 그러나 그들은 실제라면 선택하지 않을 최악의 선택을 한다. 그 기저에 있는 '모성애'나 '부성애'는 잘못된 선택의 개연성으로 작동한다. 자식을 위해서라면, 가족을 위해서라면, 잘못된 선택을 할 수도 있겠다고 받아들여지는 것이다. 그 순수하고도 일그러진 감정을 표현하고 싶어 『우리 집에 왜 왔어?』라는 제목을 선택하게 됐다. '우리 집에 왜 왔어?'라는 문장의 어감이 순수하게도, 혹은 공포스럽게도 들릴 수 있겠다는 생각을 했고, 그것이 가족의 이중성을 나타낸다고 여겼다.

그러나 내가 무엇을 담고 싶었는지나 어떤 의미를 담았는지는 중요하지 않다. 이 책을 선택한 당신의 시간이 지루하지 않았기만을 나는 늘 바란다. 작가의 욕심이기도, 순수한 바람이기도 하다.

앞으로도 많은 가족의 이야기를 담을 것이다. 우리는 태어난 순간 어쩔 수 없이 누군가의 가족이 된다. 가족이라서 더 깊은 상처를 내기도 하고, 가족이라서 더 원망하게 되기도 한다. 가족 때문에 비뚤어지고, 가족 때문에 범죄자가 될 수도 있다. 그 많은 가족의 이야기로 나는 작은 경고를 담고 싶다. 가족이라도, 혹은 가족이라서 '그래서는' 안된다는 경고.

싱그러운 봄에, 뜨거운 여름에 각기 적은 이 이야기들이 추운 겨울에 하나로 묶여 여러분을 찾아가게 되었다. 이 책을 손에 들고 있는 당신에게 감사드리고, 그 기회가 주어짐에 감사드린다.

이 후기를 적는 동안 해가 기울었다. 집으로 가야 할 시간이라는 알림이다. 나는 당신과 마찬가지로 집으로 돌아간다. 따뜻하고 순수하게 잔인한 내 집으로.

소설의 주인공과는 다르게 당신의 오늘 밤이 따뜻하고 행복하기만을 바란다.

2025년 1월
정해연

우리 집에 왜 왔어?

초판 1쇄 펴낸날 2025년 2월 19일
초판 2쇄 펴낸날 2025년 3월 10일

지은이 정해연
펴낸이 한성봉
편집 김학제·안태운·박소연
콘텐츠제작 안상준
디자인 최세정
마케팅 박신용·오주형·박민지·이예지
경영지원 국지연·송인경
펴낸곳 허블
등록 2017년 4월 24일 제2017-000050호
주소 서울시 중구 필동로8길 73 [예장동 1-42] 동아시아빌딩
페이스북 www.facebook.com/dongasiabooks
인스타그램 www.instagram.com/dongasiabook
트위터 twitter.com/in_hubble
홈페이지 hubble.page
전자우편 dongasiabook@naver.com
블로그 blog.naver.com/dongasiabook
전화 02) 757-9724, 5
팩스 02) 757-9726

ISBN 979-11-93078-43-3 03810

※ 허블은 동아시아 출판사의 문학 브랜드입니다.
※ 잘못된 책은 구입하신 서점에서 바꿔드립니다.

만든 사람들
책임편집 박소연
크로스교열 안상준
디자인 곰곰사무소